新火盗改鬼与力

風魔の賊

鳥羽 亮

角川文庫
20948

目次

第一章　風の夜

1

びゅう、びゅうと、激しい風が吹いていた。

そこは、日本橋本石町《にほんばしほんこくちよう》三丁目。夜陰につつまれた表通りを強風が吹き抜け、通り沿いの大店《おおだな》の大戸をたたき、庇《ひさし》を軋《きし》ませ、大きな音をたてている。

町木戸のしまる四ツ（午後十時）過ぎだった。日中は賑《にぎ》やかな表通りも、いまは人影もなく、激しい風音だけが響いていた。

いや、人影はあった。表通りの夜陰のなかを、男たちが疾走してくる。

七人——。夜盗であろうか。いずれも、闇に溶ける黒や茶の装束に身をつつんでいる。武士であろうか。賊のなかに、大刀を差している者が三人いた。他の四人は、脇差《わきざし》である。

七人の賊は人気のない通りを走り、通り沿いにあった二階建ての土蔵造りの店の前で足をとめた。

両替屋らしい。店の脇の掛け看板に、「両替」と記されていた。両替屋は、金銀貨と銭を交換するだけの脇両替と、両替の他に、預金、貸付、為替《かわせ》など現在の銀行のような仕事をする本両替とがある。

この店は、本両替の増田屋《ますだや》であった。

七人は、大戸の脇のくぐり戸の前に集まった。すると、大刀を帯びた武士体の長身の男が、

「面をかぶれ」

と、指示した。

すると、他のふたりの武士体の男も、懐から面を取り出してかぶった。般若《はんにゃ》や鬼などのおぞましい面である。三人の武士だけが、そうした面で顔を隠した。目の部分が大きくくりぬいてあって、そこから外が見えるようになっている。

他の四人の男は、黒布で頬《ほ》っかむりしただけだが、それでも顔はだいぶ隠された。四人とも町人らしい。

つづいて、頬っかむりした大柄な男が、

「戸をぶち破れ！」

と、脇にいた頬っかむりした男に声をかけた。

男は手にしてきた布袋から小さな斧《おの》を取り出すと、大戸の脇のくぐり戸の前に腰を沈め、力まかせにふるった。

くぐり戸の板を破る音がひびいたが、強風が大戸をたたく音や看板を揺らす音などに掻《か》き消されてしまった。

斧の一撃で、くぐり戸の板が破れて穴ができた。男はその穴から腕を入れ、いっとき何かを探るように動かしていたが、

「猿《さる》は、取れやしたぜ」

と言って、穴から腕を抜いた。

猿とは、戸締まりのために戸の框《かまち》に取り付け、敷居や柱などの穴に突き挿して戸締まりとする木片である。

「戸をあけろ」

大柄な男が指示した。どうやら、この男が一味の頭目らしい。ただ、三人の武士は別格らしい。長身の武士が、指示することもあるようだ。

男はすぐにくぐり戸をあけた。

「踏み込め。音をたてるんじゃァねえぜ」

頭目の指示で、男たちが次々にくぐり戸からなかに入った。

店のなかは暗かった。奥に掛け行灯《あんどん》の灯があったが、土間の先の座敷がかすかに見てとれるだけである。

「暗いな。蠟燭《ろうそく》に、火を点《つ》けろ」

鬼面をかぶった武士が言った。

すると、賊のひとりが、手にしていた火打袋から火付の道具を取り出した。闇のなかで石を打つ音がし、付け木に火が点《とも》った。そして、ふたりの男が手にしていた蠟燭に火が移された。蠟燭の火が、店内をぼんやりと照らし出した。

その明かりのなかに、三人の武士のかぶった面が、ぼんやりと浮かび上がった。何とも不気味である。

店内に、人気はなかった。店の外を吹き抜ける風音だけが、ひびいていた。

土間の先が座敷になっていて、奥に帳場があった。座敷はひろかった。店の者が、客と銭や金銀などの交換をする場所らしい。

帳場格子の先に帳場机が置いてあり、その背後にはいくつもの帳面類がぶらさがっていた。帳場机の脇には、金銀の重さを量る皿秤《さらばかり》がいくつも並んでいた。皿秤は両替屋に欠かせない商売道具である。

　七人の賊は座敷に上がり、帳場の前に集まった。

「番頭は、奥の部屋だったな」

　頭目が言った。

「へい、店のあるじと家族は、二階で寝起きしているはずでさァ」

　頬っかむりした別の男が言った。

「よし、手筈《てはず》どおりだ」

　頭目が、その場に集まった六人に声をかけた。

　すると、武士がひとり、頬っかむりをした男が三人。四人の男が、忍び足で帳場の脇の廊下から奥にむかった。

「おれは、二階へ上がる階段だったな」

　面をかぶった武士のひとりが、座敷の右手奥にあった二階にあがる階段の下に立った。その場から、二階の様子を窺《うかが》い、何か動きがあれば、上っていって対処するつもりなのだろう。

　七人の賊は、店内の様子をよく知っているようだった。侵入前に、探ったのであろう。侵入してからの行動も、決めてあったようだ。

帳場の前には、頭目と長身の武士だけが残った。頭目の手にした蠟燭の火が、ふたりの姿を照らし出していた。闇のなかに、武士のかぶった鬼面が不気味に浮かび上がっている。

奥にむかった男たちの足音も、障子をあけしめする音も聞こえなかった。店の外を吹き抜ける風音と、板戸や看板を揺らす音などが掻き消している。

そのとき、店の奥の方で、呻《うめ》き声と何かが倒れるような音がかすかにしたが、すぐに物音は聞こえなくなり、店の外から聞こえてくる風音だけになった。

いっときすると、奥にむかった四人の男がもどってきた。四人は、寝間着姿の初老の男と若い男を連れてきた。

連れてこられたふたりは、恐怖に顔をゆがめ、その場に立っていられないほど体を顫《ふる》わせていた。寝間着がはだけ、胸や両足が露《あらわ》になっている。眠っていたところを叩《たた》き起こされ、連れてこられたようだ。

「どうした、奥で呻き声がしたようだが」

長身の武士が、訊《き》いた。

「手代のひとりが、おれを見て、化物と思ったようだ」

奥へむかった武士が、抑揚のない声で言った。

「それで」

「外へ飛び出そうとしたので、おれが始末した」

武士は中背だが、肩幅がひろく、がっちりした体軀《たいく》をしていた。腰が据わり、首や腕が太かった。武芸の修行で鍛えた体らしい。

「おぬしからは、逃げられまいな」

長身の武士が言った。その声に、嘲笑《ちようしよう》のひびきがあった。ただ、かぶった面のため、嘲《あざ》けった顔は見えなかった。

2

「番頭、おめえの名は」

頭目が、初老の男に訊いた。

「よ、嘉造《よしぞう》……」

番頭が、声を震わせて言った。

「金は内蔵だな」

「………」

番頭は首をすくめるようにうなずいた。

「鍵《かぎ》はどこにある」

頭目が、帳場に目をやって訊いた。

「し、知りません」

番頭は、声をつまらせた。

すると、中背の武士が刀を抜き、

「番頭、手代がおれの手にかかったのを見なかったのか。ここで、おまえを突き殺してもいいんだぞ」

と言って、切っ先を番頭の喉元《のどもと》に向けた。

番頭は、ヒイイッと喉を裂くような悲鳴を上げて後じさった。

「鍵はどこだ！」

頭目が、語気を強くした。

「ち、帳場机の後ろ、小簞笥《こだんす》に」

帳場机の後ろに、小簞笥が置いてあった。内蔵の鍵は、そこに入っているらしい。

「いっしょにこい」

頭目が、番頭の袖《そで》をつかんで帳場机の後ろに連れていき、

「あけろ」

と、声をかけた。

番頭は震える手で、小箪笥の引き出しをあけ、鍵を手にした。

「これか」

頭目は番頭から鍵を奪い取ると、番頭を連れて仲間のいるところへもどってきた。

「今度は、おれも奥へ行く」

そう言って、頭目が番頭の後ろに立った。

帳場に残ったのは、長身の武士だけだった。階段下に別の武士が立ち、頭目をはじめ、五人の賊が番頭と手代を連れて、奥へむかった。内蔵にしまってある金を運び出すのである。

風はまだ吹いていた。風音と大戸を揺らす音が、絶え間なく聞こえてくる。座敷の隅に置いてあった燭台《しょくだい》に立てた蠟燭の炎が、隙間から入ってくる風に身をくねらすように揺れていた。

五人の賊が、奥へむかってから半刻《はんとき》（一時間）も経ったろうか。廊下を歩く何人もの足音がし、五人の賊が番頭と手代を連れてもどってきた。賊のふたりが、千両

箱を担いでいる。

「たんまりありますぜ」

頭目が目を細めて、「都合、千二、三百両はある」と言い添えた。

「あるところには、あるな」

後に残っていた長身の武士が言った。

「引き上げますか」

頭目が、脇で震えている番頭と手代に目をやり、

「また、お願いしましょうか」

と、低い声で長身の武士に言った。頭目の双眸《そうぼう》が、蠟燭《ろうそく》の火を映じて燃えるようにひかっている。

「承知した」

長身の武士が番頭の前に立ち、刀の柄《つか》に手を添えた。すると、そばにいた仲間たちが、番頭のそばから身を引いた。番頭を斬るつもりらしい。

番頭は激しく身を顫わせ、

「た、助けて！」

と、声を上げ、長身の武士から逃げようとした。

刹那《せつな》、シャッ、という抜刀の音がし、刀身が蠟燭のひかりを映じ、赤みを帯びた閃光《せんこう》がはしった。

にぶい骨音がして、番頭の首が傾いだ。

次の瞬間、首から血が驟雨《しゅうう》のように飛び散った。番頭は、血を撒《ま》きながら二、三歩よろめいたが、足がとまると腰から崩れるように転倒した。

これを見た手代は、顔をひき攣《つ》らせ、ヒイイッ！　と喉を裂くような悲鳴を上げて、その場から逃げようとした。

すると、手代の前にいた中背の武士が抜刀し、切っ先を手代にむけた。間を置かず、タアッ！　という鋭い気合がひびき、武士の体が躍り、閃光が前にはしった。

迅《はや》い！

切っ先が、手代の喉を突き刺した。神速の突きである。まわりにいた男たちの目には、武士の体の動きも刀身も見えなかったはずだ。一瞬、稲妻のような閃光が、手代の喉にむかってはしったのが目に映じただけだろう。

武士は手代の前に立つと、首から刀身を引き抜いた。

手代の首から血が激しく飛び散った。手代は悲鳴も呻き声も上げず、腰からくずれるように転倒した。

その場にいた男たちは、鋭い突きを見て言葉を失い、手代と中背の武士に目をやっている。

「たわいもない」

武士は、くぐもった声で言い、刀に血振《ちぶ》り（刀身を振って血を切る）をくれ、ゆっくりとした動きで刀を鞘《さや》に納めた。

いっとき帳場の前は静まり、風音だけが聞こえていたが、

「長居は無用」

と、長身の武士が言った。

「引き上げるぞ」

つづいて、頭目が声をかけた。

七人の賊は、あいたままになっていたくぐり戸から通りに出た。強風はまだ吹いていたが、侵入したときよりおさまっていた。

七人が増田屋の前から離れると、

「面を取るか」

と、長身の武士が、他のふたりの武士に声をかけた。面はかえって人目を引く。通りに人影はなかったが、念のためであろう。

通りは深い夜陰につつまれていたが、雲間から十六夜《いざよい》の月が顔を出していた。通り沿いの店や家は、寝静まっていた。

風だけが、七人の賊にまとわりつくように吹いていた。

3

「だいぶ、風がおさまったな」

雲井竜之介《くもいりゅうのすけ》は、障子をあけて外を覗《のぞ》いた。

庭に植えられた松と梅の枝が風に揺れていたが、風音は聞こえなかった。空は晴れて、初秋の陽射しが庭に満ちている。

母親のせつが乱れ箱から羽織を取り出し、

「竜之介、そろそろ着替えないと遅くなりますよ」

竜之介の肩にかけながら言った。

すでに、五ツ（午前八時）を過ぎていた。竜之介は、これから火付盗賊改方《ひっけとうぞくあらためかた》の御頭、横田源太郎松房《よこたげんたろうよしふさ》の屋敷へ行くつもりだった。

横田は将軍出陣のおりに先鋒《せんぽう》をつとめる御先手組《おさきてぐみ》、弓組の頭であった。御先手組は弓組と鉄砲組に分かれ、どちらかが火付盗賊改方の任にもついたのだ。加役《かやく》とも呼ばれている。

竜之介は横田の配下で、火付盗賊改方の与力であった。役柄は召捕《めしとり》・廻《まわ》り方で、主に火付、盗賊、博奕《ばくち》にかかわる事件の探索と下手人の召し捕りにあたる。

召捕・廻り方の与力は七騎で、同心七人がいた。その人数で江戸を中心に活動していたが、ときには関八州《かんはっしゅう》はもとより、さらに遠方にも出向いて科人《とがにん》の追捕《ついぶ》にあたることもあった。

町奉行の管轄地は江戸市中に限られていたので、火付盗賊改方の方が町方よりすくない人数ではあったが、広域で活動していたことになる。

「竜之介、いつまでも、わたしに着替えを手伝わせないで、そろそろお嫁さんをもらったらどうかね」

せつが、間延びした声で言った。いつもおっとりして、物静かである。

せつは五十一歳。色白で、ふっくらした顔をしていた。若いときは美人だったらしいが、いまは肥満体だった。悪く言えば、白い大きな饅頭《まんじゅう》に目鼻をつけたような顔である。屋敷にいることが多く、あまり体を動かさないせいかもしれない。

「そのうち、縁があったらもらいますよ」

「そのうち、そのうちって、いつになったら、その気になるのかねえ」

「ところで、父上はどこへ」

竜之介が訊《き》いた。屋敷内に、父親の孫兵衛《まごべえ》の姿はなかった。孫兵衛は朝餉《あさげ》を終えて間もなく、屋敷を出たらしいのだ。

孫兵衛は六年ほど前まで、御先手組与力で八十石を喰《は》んでいたが、隠居したのである。すでに、還暦にちかかったが、矍鑠《かくしゃく》としていた。庭いじりや碁敵《ごがたき》の家に出掛けたりして、家のなかで燻《くすぶ》っていることはなかった。

「また、碁ですよ」

せつが、他人事《ひとごと》のような物言いをした。

「碁は、父上の楽しみのひとつですから」

「家にいて、うるさいよりいいかもしれないね」

「さて、出掛けるか」

竜之介は、着替えを終えていた。

竜之介がせつに見送られ、屋敷から出ようとしたときだった。玄関先に近付いてくる足音がした。

玄関前に姿をあらわしたのは、六助《ろくすけ》と風間柳太郎《かざまりゅうたろう》だった。六助は、長年雲井家に仕える下男である。還暦にちかい老齢で、すこし腰がまがっていた。小柄で、小太り。髷《まげ》や鬢《びん》に白髪が目だつ。

風間は火盗改《かとうあらため》の同心で、召捕・廻り方だった。竜之介の配下で、いっしょに探索にあたることが多かった。二十代半ばで、がっちりした体軀《たいく》をしていた。眉《まゆ》が濃く、頤《おとがい》が張っている。剽悍《ひょうかん》そうな面構えである。

「風間、どうした」

竜之介が訊いた。

「また、風魔党《ふうまとう》が押し入りました」

風間の声がうわずっていた。

「なに！ 風魔党だと」

思わず、竜之介の声が大きくなった。

風魔党は、一月ほど前日本橋通り南三丁目にある呉服屋の大橋屋《おおはしや》に押し入り、番頭と手代ふたりを殺し、千両余の金を奪った盗賊だった。その賊が、また押し入ったという。

賊は七人。そのうち三人が夜叉《やしゃ》や鬼などのおぞましい面をかぶっていたことと、蠟燭の灯に浮かび上がった顔が、悪魔のように見えた、と大橋屋の手代が話したことから、巷《ちまた》では、風魔とか風魔党と呼ばれて恐れられていた。風の夜に押し入る悪魔のような一味という意味である。

「本石町の両替屋に押し入りました」

風間が言った。

「店の名は分かるのか」

「増田屋です」

「それで、賊に殺された者がいるのか」

「番頭と手代が、殺されたようです」

風間によると、手先の猪三郎《いさぶろう》から聞き、すぐにここに駆け付けたので、確かなことは分からないという。

「すぐに、行かねばならんな」

横田家の屋敷に行くのは、現場を踏んでからである。

竜之介は風間につづいて表門から出た。六助は、不安そうな顔をしてふたりの後ろ姿を見送っている。

竜之介の住む屋敷は、御徒町《おかちまち》にあった。ふたりは、武家屋敷のつづく通りを南にむかい、神田川《かんだがわ》にかかる和泉橋《いずみばし》のたもとに出た。橋を渡った先が、柳原《やなぎわら》通りである。柳原通りは、浅草《あさくさ》御門の辺りから筋違《すじかい》御門の近くまで、神田川沿いにつづいている。

竜之介たちは和泉橋のたもとを過ぎて間もなく、左手の通りに入り、内神田《うちかんだ》の町筋を南にむかった。しばらく歩くと、本石町の表通りに出た。そこは、本石町の四丁目辺りだった。

「この先です」

風間が先に立ち、表通りを右手にまがった。

表通りは賑《にぎ》わっていた。通り沿いには大店《おおだな》が並び、様々な身分の老若男女が行き交っている。

本石町三丁目に入って間もなく、

「その店のようです」

と言って、風間が前方を指差した。

通りの右手の土蔵造りの大店の前に、人だかりができていた。通りすがりの野次馬が多いようだが、岡っ引きらしい男や八丁堀《はっちょうぼり》同心の姿もあった。八丁堀同心は小《こ》袖《そで》を着流し、羽織の裾《すそ》を帯に挟む巻き羽織と呼ばれる独特の格好をしているので、遠目にもそれと知れる。

人だかりのなかには、顔見知りの火盗改の与力や同心の姿はなかった。

4

増田屋の表戸はしめてあったが、脇の一枚だけがあいていて、そこを取り囲むように人が集まっていた。店の出入り口になっているらしい。

そこにも、岡っ引きや下っ引きらしい男の姿があった。その人だかりのなかから、四十がらみと思われる丸顔の男が小走りに近寄ってきた。平十《へいじゅう》である。竜之介が使っている密偵《てさき》のひとりだった。ふだん、平十は柳橋《やなぎばし》にある船宿の瀬川屋《せがわや》で船頭をしている。

平十は竜之介に身を寄せ、

「雲井さま、風魔党ですぜ」

と、小声で言った。

平十は短軀《たんく》で、小太りだった。目が丸く、小鼻が張っている。貉《むじな》を思わせる風貌《ふうぼう》である。そのため、平十のことを陰で、「貉の平十」と呼ぶ者もいた。

「番頭と手代が殺されたそうだな」

竜之介が訊いた。

「へい、三人でさァ」

「三人か」

竜之介が念を押すように訊いた。風間から、番頭と手代が殺されたと聞いていたのだ。

「番頭と、手代がふたり殺されていやす」

「手代はふたりか」

竜之介は平十に、「近所で、聞き込んでみろ」と耳打ちし、風間とふたりで脇の大戸が一枚だけあいた入口から店内に入った。

店内は薄暗かった。それでも、一枚だけあいている戸口と、帳場の奥や階段から入ってくる明かりで、店内の様子や集まっている男たちの姿を見ることができた。

土間、客を上げる座敷、帳場などに、大勢の男たちが集まっていた。岡っ引きや下っ引きが多いようだが、八丁堀同心の姿もあった。店の奉公人も、何人かいるようだ。いずれの顔もこわばっている。

「雲井さま、ここで、ふたり殺されているようです」

風間が指差した。

客を上げる座敷と帳場の前に、男たちが集まっていた。そこにふたりの死体があるらしい。

「吉沢《よしざわ》が来てるな」

竜之介は、帳場の前の人だかりのなかに、南町《みなみまち》奉行所の定廻《じょうまわ》り同心、吉沢忠次郎《ただじろう》の姿があるのを目にした。竜之介は、事件現場で何度か吉沢と顔を合わせ、話をしたことがあった。

「まず、死骸《ほとけ》を拝んでみるか」

竜之介は座敷に上がり、帳場に足をむけた。

「前をあけろ、火盗改の雲井さまだ」

風間が集まっている男たちに声をかけた。すると、岡っ引きや下っ引きたちは慌てて身を引いた。

帳場の前に、寝間着姿の初老の男がひとり俯《うつぶ》せに倒れていた。首をひねり、顔だけ横をむいている。首を斬られたらしく、出血が激しかった。小桶《おけ》で撒《ま》いたように、周囲がどす黒い血に染まっている。

腰をかがめて検屍《けんし》していた吉沢が立ち上がり、

「ごくろうさまです。賊に殺された番頭の嘉造です」

と言って、身を引いた。

吉沢はその場から離れると、何人かの手先を連れて奥にむかった。奥にも、殺された者がいるのかもしれない。

竜之介と風間は、倒れている嘉造の脇にかがんだ。

「首を一太刀か。下手人は、腕がたつな」

竜之介が低い声で言った。竜之介は刀傷を見ただけで、斬った者の腕のほどを見抜く目を持っていた。

竜之介は、神道無念流《しんとうむねんりゅう》の達人だった。少年のころ、叔父《おじ》の室山甚之助《むろやまじんのすけ》に勧められ、麹町《こうじまち》にあった神道無念流の戸賀崎熊太郎《とがさきくまたろう》の道場に入門したのだ。

竜之介は稽古《けいこ》に励んだ。剣術が好きだったし、剣の天稟《てんぴん》もあったらしく、二十歳のころには、師範代にも三本のうち一本はとれるほどの腕になった。ところが、二十三歳のとき、父が隠居して竜之介が御先手弓組に出仕することが決まり、戸賀崎道場をやめた。

その後も、火盗改の与力になるまで自己流で剣の修行をつづけたので、いまでも腕は落ちていなかった。

「寝ているところを起され、ここに連れてこられて斬られたようです」

風間が言った。

「惨《むご》いことをする」

「もうひとり、あそこに」

風間が別の人だかりを指差した。

「むこうも、見てみるか」

竜之介たちは、座敷に集まっている男たちの方に足をむけた。

そこにも、別の八丁堀同心がいて、羽織に小袖姿の年配の男から話を聞いていた。

竜之介たちが近寄ると、同心は竜之介に頭を下げて身を引いた。

竜之介は同心の顔を事件現場で見たことがあったが、名は知らなかった。

同心と話していた男は、蒼《あお》ざめた顔で身を顫《ふる》わせていた。風間が名を訊《き》くと、

「あ、あるじの治左衛門《じざえもん》でございます」

と、声を震わせて言った。

竜之介は己の身分と名を口にし、

「治左衛門、殺された手代の名は」

と訊いてから、倒れている男に身を寄せた。

「あ、浅次郎《あさじろう》で、ございます」

治左衛門が声を震わせて言った。

竜之介は、倒れている浅次郎に目をやり、

「これは！」

と思わず、驚きの声を洩《も》らした。

浅次郎は、仰向《あおむ》けに倒れていた。目を見開き、口をあんぐりあけたまま死んでいた。首のまわりに血が飛び散っている。

浅次郎は刃物で喉《のど》を突かれて死んでいた。おそらく、刀であろう。

「大橋屋の手代と同じだ」

竜之介が言った。

一月ほど前、大橋屋で殺された手代を検屍したとき、同じような傷が首に残っていたのだ。

「まちがいなく、風魔党のようです」

風間が顔を厳しくして言った。

竜之介はうなずいた後、治左衛門に目をやり、

「昨夜の様子を話してくれ」

と、声をあらためて言った。

「そ、それが、てまえは朝まで寝てまして……。昨夜は風が強く、店の物音にも気付きませんでした」

治左衛門が、眉《まゆ》を寄せて言った。

「賊は、風の強い日を狙ったらしい」

そう言ってから、竜之介が、「賊に、奪われた物は」と小声で訊いた。

「せ、千三百両ほど。……店の有り金のほとんどを」

治左衛門が声を震わせて話したことによると、賊は番頭に鍵《かぎ》を出させて内蔵をあけ、千両箱を運び出したらしいという。

「殺されたのは、ここにいるふたりか」

竜之介が、番頭と手代の死体に目をやって訊いた。

「もうひとり、手代部屋の前で手代が……」

治左衛門が肩を落として言った。

「奥か」

「そうです。……てまえが、お連れします」

治左衛門はそう言って、先に立った。

5

奥につづく廊下に、十人ほどの男の姿があった。さきほど、帳場のそばにいた同心の吉沢の姿もある。

吉沢は、帳場から殺された手代の検屍のために、ここに来たらしい。吉沢の他に、岡っ引きと下っ引きが数人、それに手代らしい男が三人いた。三人は蒼ざめた顔で、体を顫わせている。

廊下の隅に、男がひとり横たわっていた。殺された手代らしい。

竜之介たちが近付くと、吉沢は立ち上がり、

「殺された手代の貞助《さだすけ》です」

と、竜之介に伝えてから、廊下を表にむかった。検屍は済んだらしい。検屍といっても、殺された場所を確認し、下手人が使った刃物を推測しただけだろう。

竜之介は廊下に仰向けに倒れている男の姿を見て、

「貞助は、浅次郎と同じ下手人に殺されたようだ」

と、風間に目をやって言った。

貞助も、喉を刃物で突かれて死んでいた。貞助は寝間着姿だった。喉の傷と廊下に血が飛び散っていることからみて、貞助はこの廊下で昨夜の賊のひとりに殺されたとみていいようだ。

「ここは、手代部屋か」

竜之介は廊下沿いの部屋に目をやって訊いた。

「そ、そうです」

瘦身《そうしん》の男が、声をつまらせて言った。手代らしい。

男によると、殺された貞助は昨夜遅く厠《かわや》に起き、廊下に出たとき、盗賊と鉢合わせをして殺されたらしい。

「賊は廊下を奥にむかったのか」

竜之介が訊いた。

「そうです。賊が奥にむかってこの廊下を通ったとき、貞助は賊と顔を合わせたようです」

手代に代わって、あるじの治左衛門が言った。

「内蔵も、見せてもらうか」

竜之介は、念のために内蔵も見ておこうと思った。

「こちらです」

治左衛門が先に立った。

廊下を奥に進むと、別の座敷に突き当たり、右手につづいていた。そこを右手にまがると、正面に内蔵があった。

店舗に接して建てられた蔵だが、大きな造りではなかった。それに、廊下伝いに内蔵にも行けるようになっていた。店で客とやり取りする金銀を容易に出し入れできるような造りにしたのだろう。

蔵の扉はしまっていたが、錠前は外されていた。

治左衛門は、内蔵の前に立ち、

「ここに入れてあった千両箱を奪われたのです。残っていたのは、小銭箱と証文箱だけでした」

と、眉を寄せて言った。

「鍵は」

「帳場にございました。賊が番頭部屋から番頭を帳場に連れだしたのは、内蔵の鍵を出させ、奥の内蔵まで案内させるためではなかったかと……」

治左衛門の声が、平静にもどってきた。竜之介と話したことで、いくぶん落ち着いてきたのだろう。

竜之介は、帳場の方にもどりながら治左衛門に訊いた。

「賊は風魔党らしいが、何か心当たりはあるか。うろんな男が店を探っていたとか、奉公人が脅されて店の様子を訊《き》かれたとか」

「ございません」

すぐに、治左衛門が言った。

「そうか。また、別の者が様子を訊きにくるから、何か気付いたことがあったら、そのとき話してくれ」

竜之介は日を置いて、密偵《てさき》にその後の様子を訊きに来させようと思った。

竜之介は帳場にもどると、風間とふたりで店から出た。戸口のまわりには、まだ野次馬や岡っ引きたちが集まっていた。

竜之介と風間が増田屋の店先から離れようとしたとき、通りの先に平十の姿が見えた。走ってくる。

竜之介は平十が近付くと、

「何か知れたか」

すぐに、訊いた。

「へ、へい、増田屋を探っていた者がいたようで」

平十が、荒い息を吐きながら言った。

「いたか」

竜之介の声が大きくなった。

「へい」

「そやつが、何者か分かったか」

竜之介が身を乗り出すようにして訊いた。

「分かったのは、遊び人ふうの格好をした男というだけでさァ」

平十が、近所にある一膳《いちぜん》めし屋の親爺《おやじ》から聞いた話によると、遊び人ふうの男が増田屋の斜《はす》向かいにある太物問屋の店の脇から、増田屋に目をやっていたという。

「遊び人ふうの男だな」

竜之介は、その男が風魔党のひとりかと思ったが、遊び人ふうというだけでは探しようがない。

竜之介たち三人は、来た道を引き返した。そして、柳原通りの近くまできたとき、

「平十は、近くまで舟で来ているのか」

と、竜之介が訊いた。

平十は、ふだん柳橋にある船宿、瀬川屋の船頭をしていた。仕事がら、江戸市中を流れる河川や掘割などを熟知していて、どこへ出掛けるのも舟を使うことが多かった。

「へい、和泉橋近くの桟橋にとめてありやす」

「瀬川屋まで乗せてくれるか」

竜之介は、風魔党の探索に本腰を入れてあたろうと思っていた。そのためにも、瀬川屋に密偵たちを集めて探索を頼まねばならない。それで、今日は雲井家にもどらず、瀬川屋にむかうことにしたのだ。

「ようがす」

平十も、竜之介の胸の内を察知したらしい。

竜之介は風間に、このまま平十の舟で瀬川屋にむかうことを話した。

「承知しました」

風間がうなずいた。風間も、竜之介が事件にかかわると、瀬川屋に寝泊まりして探索にあたることを知っていたのだ。

6

竜之介は、神田川の和泉橋近くの桟橋にとめてあった舟に乗った。

艫《とも》に立った平十は棹《さお》を手にし、

「舟を出しやすぜ」

と、声をかけてから船縁《ふなべり》を桟橋から離し、水押《みお》しを下流にむけた。舟は川面《かわも》をすべるように下っていく。

平十は大川《おおかわ》に出て間もなく、柳橋の船宿、瀬川屋の桟橋に舟を着けた。桟橋には、数艘《そう》の猪牙舟《ちょきぶね》が舫《もや》ってあった。いずれも、瀬川屋の持ち舟である。

「下りてくだせえ」

平十が竜之介に声をかけた。

竜之介は桟橋に下りると、「平十、後で離れに来てくれ」と言い置いて、先に瀬川屋にむかった。

瀬川屋は、船宿としては大きな店だった。専用の桟橋を持ち、船頭を三人も雇い、吉原《よしわら》への客の送迎もやっていた。

竜之介は事件の探索にあたるとき、瀬川屋の裏手にある離れに寝泊まりすることがあった。理由は、ふたつある。ひとつは密偵たちが、雲井家の屋敷に出入りすることを嫌がったためだった。もうひとつは、舟である。江戸の市中は河川にくわえ、掘割が張り巡らされていて、多くの地に平十の舟で行くことができたのだ。

ただ、離れといっても、贅沢《ぜいたく》な造りではなかった。瀬川屋の先代が隠居所として建てた家で、客をいれる座敷などはなく、台所と居間、それに寝間があるだけである。

竜之介が瀬川屋の隠居所を使うようになったのにも、それなりの経緯があった。

竜之介は客として瀬川屋によく顔を出していたが、泊まるようなことはなかった。二年ほど前、瀬川屋が柳橋界隈《かいわい》で幅を利かせていた地まわりの辰蔵《たつぞう》に、些細《ささい》なことで因縁をつけられ、大金を強請《ゆす》られそうになった。

たまたま客として瀬川屋に居合わせた竜之介が、その場で辰蔵を捕縛し、瀬川屋は難を逃れた。その後、瀬川屋のあるじの吉造《よしぞう》と女将《おかみ》のおいそは、竜之介に何かと便宜をはかってくれ、飲んで遅くなったときや探索のために舟を使いたいときなどは、離れを自由に使わせるようになったのだ。

そうした経緯があって、竜之介は事件の探索のおりに離れに寝泊まりするようになったのだが、瀬川屋にとっても、竜之介が離れにいてくれるのは都合がよかった。

竜之介ほど、頼りになる用心棒はいなかった。竜之介が離れにいるだけで、土地のならず者や遊び人などは、瀬川屋に寄り付かなくなったのだ。

竜之介は、瀬川屋の離れに腰を落ち着けると、平十に、

「寅六《とらろく》と茂平《もへい》を、ここに呼んでくれ」

と、頼んだ。

「ふたりだけで、いいんですかい」

平十が低い声で訊いた。

寅六と茂平は、竜之介が使っている密偵《てさき》だった。平十も密偵のひとりである。

平十は博奕《ばくち》好きで、密偵になる前、浅草元鳥越町《もととりごえちょう》のある賭場《とば》に出入りしていた。

火盗改が、その賭場を手入れしたとき、竜之介は客のなかに平十がいるのを目にし、

「おまえは、おれの後ろについてな。差口《さしぐち》ってことにしといてやるぜ」

と言って、捕縛しなかった。差口には密告や告げ口という意があり、密偵を意味していた。

竜之介は瀬川屋に行ったおりに、船頭をしている平十を目にしており、

……この男は、密偵《てさき》につかえそうだ。

と、みた。平十の舟は探索のおりに役に立つし、賭場に出入りしていたので、博奕打ちや遊び人なども知っているのではないかと思ったのである。

その後、平十は博奕から足を洗い、瀬川屋で船頭をつづけるかたわら、竜之介の密偵として探索にあたるようになったのだ。

「様子を見てから、千次《せんじ》とおこんにも頼むことになるかもしれん」

竜之介が言った。

平十、寅六、茂平の三人の他に、密偵はふたりいた。鳶《とび》の千次と、女掏摸《すり》だったおこんである。千次は身軽で、「軽身《かるみ》の千次」とも呼ばれている。


翌日、陽が沈んでから、瀬川屋の離れに四人の男が集まった。竜之介、平十、寅六、それに茂平である。

四人の男の膝先《ひざさき》に、酒の入った徳利《とっくり》、猪口《ちょこ》、それに炙《あぶ》ったするめを載せた小皿が置いてあった。竜之介は一杯やりながら話そうと思い、おいそに頼んで酒と肴《さかな》を用意してもらったのだ。

「まず、一杯やってくれ」

竜之介がそう言って、手酌で猪口に酒をついだ。

男たちは、勝手に酒を注いで飲み始めた。そして、いっとき飲んだ後、竜之介が、

「集まってもらったのは、風魔党の件だ」

と、切り出した。

「話してくだせえ」

寅六が首をすくめて言った。

寅六は五十代半ばだった。小柄で、すこし猫背である。糸のように細い目をしょぼしょぼさせている。

稼業は手車《てぐるま》売りだった。それで、「手車の寅」とも呼ばれている。

手車は、釣り独楽《こま》とも呼ばれていた。現代のヨーヨーである。この時代は、土で作った円盤形の物をふたつ合わせ、竹を芯《しん》にして隙間をあけ、なかに糸が結んである。糸を巻いて離すと、クルクルまわりながら解《ほど》け、また巻き付いて上がってくるのだ。

手車売りは、人出の多い寺社の門前や広小路《ひろこうじ》などで、手車をまわしながら子供を相手に商売をしていた。

寅六は手車売りをしているとき、竜之介に助けられたことがあった。

浅草寺《せんそうじ》の境内で子供を集めて商売をしていると、土地の地まわりに因縁をつけら

れ、高額の場所代を要求された。寅六は場所代が高過ぎると思い、要求をつっぱねると、地まわりの仲間たちに袋叩《ふくろだた》きになりそうになった。

　そこへ、たまたま竜之介が通りかかり、寅六を助けたのだ。

　竜之介は人出の多いところで、商売をしている寅六を見て、この男は情報を集めるのに、使える、とみた。

「どうだ、おれの密偵《てさき》にならないか」

　竜之介が訊《き》くと、

「あっしのような者でも、旦那《だんな》の手伝いができるんですかい」

　寅六が、首をひねりながら訊いた。

「おまえにしかできないことを頼む」

　竜之介が言った。

「やらせていただきやす」

　すぐに、寅六は承知した。その後、寅六は竜之介の密偵として探索にあたるようになったのだ。

7

竜之介は三人の密偵に、増田屋に押し入った風魔党のことをひととおり話してから、

「賊の七人を探って欲しいのだ」

と、言い添えた。

「探れと言われても、雲をつかむような話ですぜ」

寅六が眉《まゆ》を寄せて言った。

「七人の賊のうち、三人は武士、四人は町人と知れている。押し入った手口からみて、盗人《ぬすっと》として経験のある者たちのようだ。武士はともかく、他の四人は前から盗人だったのではないかな」

「あっしも、そうみやした」

平十が言った。

「それでな。盗人だった男や真っ当な仕事をしていない男に目をつけ、ちかごろ金まわりのよくなった者がいたら探ってみてくれ」

竜之介が、平十と寅六に目をやって言った。探るといっても、いまのところ噂話を耳にすることぐらいしかなかったのだ。

「承知しやした」

寅六が言うと、平十もうなずいた。


一方、茂平は話にくわわらず、寅六と平十からすこし身を引いて、ひとりで酒を飲んでいた。「蜘蛛《くも》の茂平」と呼ばれたひとり働きの盗人だった男である。茂平は寡黙な男で、こうした場でもあまり口をきかなかった。歳もはっきりしない。四十がらみに見えるが、もっと若いのかもしれない。

茂平が蜘蛛と呼ばれたのは、それなりの理由があった。茂平は盗みに入ると、家や屋敷の天井にぶら下がったり、気配も感じさせずに暗がりに身を隠していたりした。それで、仲間内から蜘蛛と呼ばれるようになったらしい。

竜之介は、盗人仲間の密告により、茂平が油問屋を狙っていることを知り、網を張っていて捕らえた。そのとき、竜之介は、この男を処刑するのは惜しいと思った。いい密偵《てさき》になる、と踏んだのである。

「茂平、おれの密偵にならないか」

竜之介が訊いた。

「相手が、盗人のときだけならやらせていただきやす」

茂平が答えた。どうやら、茂平は自分を密告した盗人仲間に仕返ししてやりたかったらしい。

その後、茂平は盗人から足を洗い、竜之介の密偵として動くようになった。そして、竜之介の指図で探索にあたっているうちに、竜之介を信頼するようになり、盗人以外の事件でも密偵として働くようになったのだ。


それから、竜之介は平十たちといっとき話した後、

「平十と寅六は、これまでにしてくれ」

と、竜之介がふたりに声をかけた。竜之介は、茂平とふたりだけで話をしようと思ったのだ。

「旦那、あっしと寅六とで、あっしの舟で一杯やってもいいですかい」

平十が照れたような顔をして訊いた。

「かまわんが、酔って舟から落ちるなよ」

「舟はあっしの寝床でさァ」

平十はそう言って、膝先の徳利と猪口を手にし、寅六といっしょに座敷から出ていった。竜之介は茂平とふたりだけになると、

「茂平、風魔党に心当たりはあるか」

すぐに、核心から訊いた。

「心当たりはねえ」

茂平がくぐもった声で言った。

「手口はどうだ」

竜之介は、風魔党が商家に押し入った手口を訊いた。盗人だった茂平なら知っているとみたのだ。

「風の強い夜に、店のくぐり戸をぶち割って押し入る手口は知っていやす」

「その盗賊のことを、知っているのか」

竜之介が身を乗り出して訊いた。

「へい」

「話してくれ」

「六、七年も前《めえ》の話ですぜ」

「かまわん」

「頭目は夜嵐《よあらし》の駒蔵《こまぞう》。……駒蔵一味は、強い風の吹く嵐の夜をねらって大店《おおだな》に押し込んだんでさァ」

「手口は」

「風魔党と同じで」

茂平によると、駒蔵一味は鉈《なた》や斧《おの》で、商家のくぐり戸をぶち破って侵入し、寝ている番頭や手代などを起して土蔵をあけさせ、大金を奪ったという。

「そっくりだ！　一味には、武士もいたのか」

竜之介が声高に訊いた。

「二本差しはいねえ」

「それで、駒蔵一味はどうなったのだ」

「お縄になりやした」

「捕らえたのは、町方か」

竜之介は、火盗改の召捕・廻り方の与力や同心から、夜嵐の駒蔵の名を聞いたことがなかった。それで、町方が駒蔵一味を捕らえたとみたのである。

「そうでさァ。駒蔵一味は六人いやしたが、そのうちふたりは逃げたと聞いていやす」

嵐の夜、駒蔵一味は太物問屋に押し入ったという。ところが、町方は駒蔵一味が太物問屋を狙っていることを察知し、大勢の捕方を店のなかに配置し、一味が押し入ったところを捕らえたそうだ。

「町方は、駒蔵一味が太物問屋を狙っていると、よく分かったな」

竜之介が訊《き》いた。

「くわしいことは知らねえが、御用聞きのひとりが、金遣いの荒い盗人のひとりを嗅《か》ぎ付け、そいつを泳がせて、太物問屋を狙っているのを突きとめたようで」

「頭目も逃げたのか」

「駒蔵はつかまりやした」

捕らえられた駒蔵たち四人は、その後、獄門になったという。

「逃げたふたりは、どうなった」

竜之介は、そのふたりが大橋屋と増田屋に押し入った風魔党のなかにいたのではないかと思った。

「何も聞いてねえ」

茂平が小声で言った。

「そうか」

竜之介は、いっとき虚空に目をとめて黙考していたが、

「茂平、風魔党はさらに商家に押し入るとみるか」

と、声をあらためて訊いた。

「しばらく間を置いて、またどこかの大店に押し入るはずでさァ」

茂平によると、風魔党は大橋屋と増田屋に押し入ったが、まだ町方にも火盗改にも、尻尾《しっぽ》をつかまれてない、とみているはずだという。

「一味が、ここで手を引いて姿を消すはずはねえ」

茂平が言い添えた。

8

「旦那《だんな》、舟を出しやすぜ」

桟橋にいる平十が、竜之介に声をかけた。

竜之介は、築地《つきじ》にある横田源太郎の屋敷に行くつもりだった。横田は、火盗改の御頭である。

一昨日《おととい》、竜之介と同じ召捕・廻り方の与力の片柳稔蔵《かたやなぎとしぞう》が、御徒町の雲井家の屋敷

に来て、横田屋敷に行くよう話したのだ。片柳も、横田に呼ばれているという。竜之介は瀬川屋にいて片柳とは会えなかったが、六助が知らせてくれたのだ。

横田の屋敷は、築地の西本願寺《にしほんがんじ》の裏手にあった。このころ、火盗改の決まった役所はなく、火盗改の任についた者が、己の屋敷の一部を改装して、白洲《しらす》、仮牢《かりろう》などを設け、役所として使っていたのだ。

竜之介は、平十の舟で築地まで行くことにした。舟なら、瀬川屋からほとんど歩かずに、横田家の屋敷まで行くことができる。

竜之介が舟に乗り込むと、平十はすぐに桟橋から舟を出し、水押《みお》しを川下にむけた。

五ツ（午前八時）ごろだった。穏やかな晴天で、大川の川面は朝陽を映じてキラキラと輝いていた。

大川の川面が、無数の波の起伏を刻んで両国橋《りょうごくばし》の彼方《かなた》までつづいていた。猪牙舟《ちょきぶね》や荷を積んだ茶船などが行き来している。

竜之介の乗る舟は、両国橋につづいて、新大橋《しんおおはし》、永代橋《えいたいばし》とくぐってから水押しを右手の岸際に寄せた。そして、佃島《つくだじま》の脇を通ってさらに南にむかい、明石町《あかしちょう》の家並を右手に見ながら明石橋をくぐった。

掘割をすこし進むと、前方に西本願寺の堂塔が見えてきた。

「もうすぐですぜ」

平十が、艫《とも》に立って棹《さお》を使いながら竜之介に声をかけた。

いっときすると、平十は舟を西本願寺の裏手につづく掘割の船寄に着けた。横田家の屋敷は、この船寄の近くである。

「平十、横田さまの屋敷までいっしょに来るか」

竜之介が訊いた。

「お屋敷の近くまでお供しやすが、お屋敷に入るのは御免被りやす」

平十が、首をすくめて言った。平十のような者にとって、火盗改の御頭の屋敷は敷居が高いらしい。

「そうか。勝手にしてくれ。一刻《いっとき》（二時間）ほどすれば、おれも屋敷から出られるだろう」

竜之介は、横田屋敷に足をむけた。

横田家は千石の旗本だった。豪壮な門番所付の長屋門を構えている。横田は火盗改の頭になってから、屋敷内に吟味のための白洲、仮牢などを設け、さらに独自に工夫した拷問《せめ》道具までそろえていた。

竜之介が横田屋敷の門前まで来ると、

「あっしは、これで」

そう言って、平十は船寄にもどった。

竜之介は門番に名を告げてから、表門のくぐりを通って、玄関脇の与力詰所に入った。詰所には、片柳の姿があった。先に来て、竜之介を待っていたらしい。

「おれが、松坂《まつざか》どのに話してくる」

そう言って、片柳が立ち上がった。

松坂清兵衛《せいべえ》は、横田家に仕える用人である。竜之介たちが横田と会うとき、松坂が取次ぐことが多かった。

いっときすると、片柳が松坂を連れてもどってきた。

「殿は、御指図部屋でお会いするそうです」

そう言って、松坂は竜之介たちにいっしょに来るよう話した。

御指図部屋は、横田が与力や同心たちと会って、探索や捕物の指図をするときに使われている。

竜之介と片柳が御指図部屋に座して、いっときすると、廊下を歩く足音がした。すぐに、障子があいて横田が姿を見せた。

横田は小袖《こそで》に角帯姿だった。今日は登城せずに、屋敷内でくつろいでいたらしい。

竜之介と片柳は、低頭したまま横田が正面に座すのを待った。

「そう硬くなるな。顔を上げろ」

横田が竜之介たちに声をかけた。

ふたりが顔を上げると、横田は笑みを浮かべたが、

「ふたりに話しておくことがあってな」

と言って、顔の笑みを消した。

横田は四十過ぎの男盛りだった。眉《まゆ》が濃く、頤《おとがい》が張っていた。厳《いか》つい面構えである。

「風魔党なる盗賊が、市中を騒がせているそうだな」

横田が切り出した。

「はい、風魔党はこれまでに二軒の大店《おおだな》に押し入り、店の者を殺して大金を奪っております」

竜之介が言った。

「町奉行所も、風魔党を捕らえるために総力をあげていいような」

「はい」

「なんとしても、風魔党はわれら火盗改の手で捕らえねばな。町方に先を越されて、われらは何もできなかったとなれば、笑い者になるぞ」

横田の顔が険しくなった。

竜之介と片柳は低頭したまま黙っていた。

「すぐに、探索にあたれ。他の与力にも話しておく」

「心得ました」

竜之介と片柳が、声をそろえて言った。

竜之介と片柳は屋敷を出ると、お互い他の事件にはかかわらず、風魔党の探索に専念することを話した。

竜之介は横田家の門前で片柳と別れるとき、

「片柳どの、風魔党には腕のたつ武士が三人いるようだ。油断をすると、おれたちの命を狙ってくるかもしれぬ」

と、伝えた。片柳も腕がたったが、相手の武士は、三人である。

「お互い油断はできんな」

片柳が顔をひきしめて言った。

第二章　目撃

1

竜之介が朝餉《あさげ》の後、瀬川屋の離れの座敷でくつろいでいると、戸口に近寄ってくる足音が聞こえた。

足音は戸口の格子戸の向こうでとまり、

「雲井さま、お茶がはいりましたよ」

と、お菊《きく》の声がした。

お菊は瀬川屋のひとり娘だった。まだ十六歳である。

「そうか。すまんな」

竜之介が声をかけると、格子戸があいてお菊が土間に入ってきた。湯飲みと急須《きゅうす》を載せた盆を手にしている。

お菊は土間から座敷に上がると、竜之介の脇に座し、急須で湯飲みに茶をついでから、

「どうぞ」

と澄ました顔で言って、湯飲みを竜之介の膝先《ひざさき》に置いた。

お菊は色白で、ふっくらした頬をしていた。その頬がかすかに朱に染まっている。

竜之介とふたりきりで座っているのを意識しているのかもしれない。赤い花弁のような唇が、何とも色っぽい。

「お菊」

竜之介が声をかけた。

「は、はい」

お菊の頬が、さらに赤くなった。

「うまい茶だ」

そう言って、竜之介は湯飲みをかたむけた。

竜之介がお菊と話しながら茶を飲んでいると、戸口に走り寄る足音がし、

「旦那《だんな》、いやすか」

と、平十の声がした。ひどく慌てているようだ。

「いるぞ」

竜之介が返事をすると、格子戸が勢いよくあいて、平十が顔をだした。

平十は竜之介とお菊が座敷に座っているのを目にし、戸惑うような顔をしたが、

「旦那、のんびり茶など飲んじゃァいられませんぜ」

と、声高に言った。

「何かあったのか」

「また、風魔党が押し入ったんでさァ」

「なに、風魔党が押し入ったと！」

竜之介は手にした湯飲みを盆の上に置いた。そのとき、竜之介は、昨夜、激しい風が吹いていたことを思い出した。

「どこだ」

「今度は、薬種問屋でさァ」

平十が口早に、日本橋本町《ほんちょう》にある老舗《しにせ》の薬種問屋、辰川屋《たつかわや》の名を口にした。

「辰川屋か」

竜之介は、辰川屋を知っていた。薬種問屋の多い日本橋本町でも名の知れた老舗

の薬種問屋である。

「旦那、行きやすか。舟を出しやすぜ」

平十はその気になっている。

「日本橋本町の近くに、舟はとめられまい」

竜之介が立ち上がりながら訊いた。

日本橋本町界隈は、江戸でも人出の多い賑やかな地である。近くに、舟をとめる場所などないだろう。

「旦那、舟のことならあっしに、まかせてくだせえ」

　平十が得意そうな顔をして言った。

　竜之介は座敷にいるお菊に目をやり、

「お菊、うまい茶だったぞ。また、淹《い》れてくれ」

　と言って、傍らの刀掛けに置いてあった大小を手にした。

「は、はい……」

　お菊は声をつまらせて応《こた》え、頰を赤らめたまま竜之介を見つめている。

　竜之介は、座敷にお菊を残したまま離れから飛び出した。

　平十につづいて、竜之介が瀬川屋の桟橋にとめてある猪牙《ちょき》舟《ぶね》に乗り込むと、

「舟を出しやすぜ」

と、平十が声をかけ、棹《さお》を使って水押《みお》しを下流にむけた。

竜之介の乗る舟は大川を下り、新大橋をくぐると、水押しを日本橋側に寄せて日本橋川に入った。そして、江戸橋《えどばし》の前まで来ると、右手の掘割に水押しをむけ、荒布橋《あらめばし》をくぐった。

平十は巧みに舟を操って掘割を北にむかい、突き当たりを左手に折れた。そして、道浄橋《どうじょうばし》をくぐってしばらく進んでから、右手にあった船寄に舟を着けた。その辺りは、日本橋伊勢町《いせちょう》である。

「旦那、舟を下りてくだせえ」

平十が竜之介に声をかけた。

竜之介は舟から下りると、短い石段を上がって掘割沿いの通りに出た。右手にひろがっているのは、伊勢町の家並である。

平十は舫《もや》い綱を杭《くい》にかけてから舟を下り、足早に石段を上がってきた。

「ここから、本町はすぐですぜ」

平十が言った。

「平十の言うとおり、舟で本町の近くまで来たな」

竜之介は感心した。さすが、平十である。江戸の河川や掘割を自分の庭のように知り尽くしている。

「行きやしょう」

平十が先にたった。

ふたりは、掘割沿いの道をすこし西に歩いてから右手の通りに入った。その通りは、すぐに奥州《おうしゆう》街道に突き当たった。街道沿いにひろがっている町が本町で、その辺りは四丁目である。

「辰川屋は、三丁目だったな」

竜之介たちは、街道を左手におれた。

薬種問屋や薬種屋が多いことで知られた本町のなかでも、三丁目は特に多かった。薬を扱う店の多い通りをいっとき歩くと、

「あの店だ」

と言って、竜之介が指差した。

前方右手に、大きな薬種問屋があった。その店の屋根看板に、「喜《き》泉丸《せんがん》、辰川屋」と記してあった。喜泉丸は辰川屋で売り出した腹痛《はらいた》の薬である。

辰川屋の店先に、人だかりができていた。通りすがりの野次馬が多いようだが、

岡っ引きや下っ引きらしい男の姿もあった。

「八丁堀も来てやすぜ」

平十が言った。

店の脇に、八丁堀同心の姿があった。店の脇の大戸が一枚だけあけられ、そこが出入り口になっているらしい。

「平十、近所で聞き込んでみろ」

竜之介が小声で言った。

「承知しやした」

すぐに、平十は竜之介から離れた。

2

竜之介は辰川屋の出入り口になっている場所まで行くと、立っていた町奉行所の若い同心に、

「火盗改の雲井だ。入らせてもらうぞ」

と、声をかけた。

若い同心は、無言でうなずいた。顔が強張《こわば》っている。まだ、事件の現場に慣れていないようだ。

店のなかに入ると、土間があり、その先が座敷になっていた。右手と奥に薬種を入れる引き出しが並んでいる。

座敷には、岡っ引きや店の奉公人らしい男が何人も集まっていた。八丁堀同心もふたり来ていた。ひとりは、増田屋で顔を合わせた吉沢だった。もうひとりは、矢《や》代《しろ》という南町奉行所の定廻《じょうまわ》り同心だった。矢代とも現場で顔を合わせたことがあったが、話したことはなかった。

片柳の姿はなかった。まだ、片柳の耳に入っていないのかもしれない。左手の帳場の前に、風間の姿があった。風魔党が押し入ったことを耳にし、御徒町から駆け付けたのだろう。

風間はすぐに竜之介に近寄ってきて、

「また、ふたり殺《や》られました」

と、声をひそめて言い、帳場のそばに集まっている男たちを指差した。

見ると、帳場の脇に矢代と岡っ引きや下っ引きが数人、それに手代らしい男がふたりいた。

「見てみよう」

竜之介は帳場の脇に近付いた。

集まっていた男たちのなかから、「火盗改の旦那《だんな》だ」、「雲井さまだ」などという声が聞こえた。男たちは慌てた様子で身を引き、竜之介のために道をあけた。

男がひとり横たわっていた。目を見開き、口を大きくあけて歯を剝《む》き出していた。周囲に血が飛び散っている。

「喉《のど》か！」

竜之介は、男の首がどす黒い血に染まっているのを見た。その首のまわりや胸も血塗《ちまみ》れだった。首の傷は、増田屋の手代の首に残されたものとそっくりだった。男は、刀で喉を突かれたのである。

仰向《あおむ》けに倒れた男の寝間着がはだけ、痩《や》せた腹や胸があらわになっていた。その体や顔付きから、かなりの年配と知れた。

「番頭の忠兵衛《ちゅうべえ》です」

風間が竜之介の耳元で言った。

「もうひとりは」

竜之介が訊《き》いた。ふたり殺されたと聞いていたのだ。

「廊下で、手代の常吉《つねきち》が殺されてます」

「そうか」

竜之介は、周囲に目をやり、「あるじは、どこにいる」と訊いた。帳場に集まっている男たちのなかに、あるじらしい男の姿がなかったのだ。

「さきほど、竹本《たけもと》と土蔵の方へ行きました」

風間が言った。

「竹本も来ているのか」

竹本新太郎《しんたろう》は、片柳の配下の召捕《めしとり》・廻《まわ》り方の同心だった。風間とは事件の現場でよく顔を合わせるようだ。どうやら、竹本は片柳より先に来たらしい。

「土蔵へ行ってみますか」

「その前に、殺された常吉を見てみよう」

「こっちです」

風間が、帳場の右手にある廊下に足をむけた。

廊下に出ると、二部屋ほど先の廊下に十人ほどの男が集まっているのが見えた。店の手代や丁稚《でっち》、それに岡っ引きや下っ引きたちである。

竜之介と風間が近付くと、店の奉公人や岡っ引きたちが、廊下の脇に身を引いた。

竜之介が火盗改の与力だと知っている者がいたのだろう。

廊下のなかほどに、寝間着姿の男が俯《うつぶ》せに倒れていた。肩から背にかけて、寝間着が切り裂かれ、どす黒い血に染まっていた。出血が激しかったとみえ、廊下にも血が飛び散っている。

「背後から、一太刀か」

下手人は、常吉を背後から袈裟《けさ》に斬りつけたらしい。一太刀で仕留めたことからみて、腕のたつ者のようだ。おそらく、風魔党の三人の武士のひとりが、斬ったのであろう。

「常吉は、廊下に出たところで、盗賊と鉢合わせしたのか」

竜之介が、手代らしい男に訊いた。

「そ、そうです。厠《かわや》から部屋へ帰る途中、夜叉《やしゃ》の面をかぶった押し込みと鉢合わせして……」

手代らしい男が、声を震わせて言った。顔が蒼《あお》ざめている。

「おまえも、手代か」

竜之介が念を押すように訊いた。

「は、はい、手代の忠助《ただすけ》です」

「忠助は、見ていたのか」

竜之介が訊いた。忠助は、まるで常吉が廊下で斬られるのを見ていたような口振りで話したのだ。

「厠から廊下に出ようとしたとき、見たのです」

忠助が話しだした。

昨夜、忠助が手代部屋を出て厠に行くと、先に常吉が来ていたという。忠助は常吉につづいて厠に入り、用をすませて厠から廊下に出ると、手代部屋の前に何人もの人影があった。そして、夜陰のなかに青白い閃光《せんこう》がはしった次の瞬間、常吉が呻《うめ》き声を上げて倒れたという。

「賊が、常吉を斬ったのだな」

「は、はい……」

忠助が声を震わせて言った。

「そのとき、賊は何人いた」

竜之介が、声をあらためて訊いた。

「はっきりしませんが、四、五人いたようです」

忠助が、「鬼の面をかぶった者もいました」と小声で言い添えた。

「常吉を斬った後、賊は何も言わずに奥へむかったのか」

「声が聞こえました」

忠助が身を乗り出すようにして言った。

「何と言った」

「常吉を斬った賊が、そばにいた仲間の名を口にして、こいつは手代だな、と言ったんです」

「仲間の名は」

すぐに、竜之介が訊いた。

「それが、ヤサブロウだったか、ヤサゴロウだったか、はっきりしないのです」

忠助が、自信なさそうな顔をした。

竜之介は、どちらの名にしろ、風魔党のひとりを突き止める大きな手掛かりになると思った。

3

竜之介と風間は、忠助から話を聞いた後、店の裏手にある土蔵に行ってみた。店の背戸《せど》からも行けるようになっていた。

土蔵の前に、四人の男が立っていた。竹本と年配の男が話している。他のふたりは店の奉公人らしい。

土蔵の漆喰《しっくい》の厚い引戸は、あいたままになっていた。なかに小箪笥《こだんす》、証文箱、火鉢などが見えた。千両箱はないようだ。

竹本は竜之介の姿を目にすると、年配の男に「火盗改の雲井さまだ」と言ってから身を引いた。

「あるじか」

竜之介が年配の男に訊いた。

年配の男は竜之介に頭を下げてから、

「あるじの甚兵衛《じんべえ》でございます」

と、名乗った。顔が蒼ざめ、体がかすかに顫《ふる》えている。

「風魔党は、ここから金を運び出したのだな」

竜之介が訊いた。

「は、はい」

「どれほど、奪われた」

「八百両ほどです」

甚兵衛によると、六百両ほど入っていた千両箱と百両箱ふたつを奪われたという。

「大金だな。……昨夜、家族はどこにいたのだ」

「二階でございます」

甚兵衛は、四人家族だという。妻、十歳になる長男、七歳の長女の三人がいるそうだ。

「三人とも無事なのだな」

「はい、賊は二階に上がってきませんでした」

「そうか」

増田屋と同じだ、と竜之介は思った。

竜之介は風間といったん店にもどり、帳場にいた手代や丁稚からあらためて話を訊いたが、新たなことは分からなかった。

竜之介と風間が、辰川屋の戸口から通りに出ると、片柳の姿が見えた。手先をふたり連れて、足早にやってくる。

「早いな」

片柳が息をはずませて言った。

「竹本が来ているぞ」

竜之介は、竹本に訊《き》けば様子が分かると思い、そう伝えたのである。

「そうか。ともかく、現場を見てみる」

片柳は、ふたりの手先とともに店内に入った。

竜之介が店の前から離れると、路傍で平十と寅六が待っていた。寅六は、辰川屋に風魔党が押し入ったと聞いて駆け付けたようだ。

「それで、何か知れたか」

竜之介が小声で訊いた。

「これといったことは、何も……」

平十が肩を落として言った。

すると、寅六が竜之介に身を寄せ、

「そこの下駄屋《げたや》のあるじが、昨日の昼過ぎ、うろんな男がふたり、店の脇に立っているのを見掛けたそうでさァ」

と言って、辰川屋の斜向《はす》かいにある下駄屋を指差した。

「うろんな男とは」

「牢人体《ろうにんてい》の男と遊び人ふうの男が、辰川屋の方に目をやりながら話していたそうで」

「そのふたり、風魔党かもしれんな。それで、ふたりのことで、他に何か分かったことはないのか」

竜之介は、ふたりのことを探る手掛かりが欲しかった。

「牢人体の男は、総髪だったそうで」

「総髪な」

牢人は総髪の者がすくなくないので、たいした手掛かりにはならない。

「今日の聞き込みは、これまでだな」

そう言って、竜之介は風間とその場で別れ、寅六と平十を連れて舟をとめてある掘割にむかった。

「明日《あす》、みんなを瀬川屋に集めてくれ」

歩きながら、竜之介が平十と寅六に指示した。

「茂平たちは、どうしやす」

平十が訊いた。

「三人にも、声をかけてくれ」

竜之介は、密偵たち五人の力を借り、何としても風魔党を捕らえたかった。

翌日、暗くなってから瀬川屋の離れに、五人の密偵が顔をそろえた。竜之介たちは、おいそに用意してもらった酒で、いっとき喉《のど》を潤してから、

「茂平たちも、承知していると思うが、相手は風魔党だ」

竜之介が茂平、千次・おこんの三人に目をやって言った。

「夜叉《やしゃ》や鬼の面をかぶってるなんて、虚仮脅しもいいとこだよ」

おこんが、蓮《はす》っ葉《ぱ》な物言いをした。

おこんは年増《としま》の美人だった。酒を飲んだせいか、しっとりした色白の肌が、ほんのりと朱に染まっている。色っぽい女である。

おこんは腕利きの女掏摸《すり》で、「当たりのおこん」という異名をもっていた。通りすがりの相手の肩に自分の肩を当て、相手がよろめいた一瞬の隙をとらえて懐中の財布を抜きとるのである。

おこんは、竜之介が火盗改とは知らず、すこし酔っているのを見て、懐の財布を狙った。そして、竜之介の肩に自分の肩を当て、財布を取ろうと手を伸ばした。その瞬間、竜之介に腕をつかまれて押さえられたのだ。

竜之介はおこんを吟味したおり、

……この女は、密偵《てさき》に使える。

とみて、おれの密偵になるか、と訊いた。

おこんはいっとき口をつぐんで考え込んでいたが、

「旦那《だんな》の密偵なら、なってもいい」

と言って、承知した。

おこんは掏摸から足を洗い、いまは小料理屋をやっている。そして、竜之介の密偵として探索にあたるとともに、掏摸の腕を生かして狙った相手の懐から書状や証文などを抜き取ることもあった。

「風魔党をたぐる糸が、ふたつある」

竜之介が声をあらためて言うと、座敷にいる五人の目が竜之介に集まった。

「ひとつは、手口だ。六、七年も前の話だそうだが、夜嵐の駒蔵と呼ばれる盗賊が、まったく同じ手口で、大店《おおだな》に押し込んだそうだ」

竜之介はさらに一味のうちのふたりが逃走したことを話し、茂平に、「そうだな」と念を押すように言った。

「そうでさァ」

茂平はぼそりと言っただけで、口をつぐんでしまった。

「もうひとつの糸は、一味のなかに、ヤサブロウか、ヤサゴロウか、はっきりしないが、どちらかの名の男がいることだ」

「そいつは、何をやってるんです」

と、千次が訊いた。

千次は鳶《とび》だった。まだ若く、二十歳そこそこだった。兄の又吉《またきち》が竜之介の密偵だったのだが、身辺を探っていた押し込み一味の手にかかって亡くなった。その後を継いだのが、千次である。千次は兄の敵を討ちたい気もあって、竜之介の密偵になったのだ。

「何をやっているかは、まだ分からぬ。……とにかく、ちかごろ金遣いが荒くなった男で、ヤサブロウか、ヤサゴロウという名の男がいたら、洗ってみてくれ」

竜之介がそう言ったとき、

「そいつは、弥《や》三郎《さぶろう》かもしれねえ」

と、茂平が言った。

その場にいた五人の目が、一斉に茂平にむけられた。

「旦那が話したとおり、夜嵐の駒蔵一味のなかに、逃げたやつがふたりいやす。そのひとりが、弥三郎という名だと聞いた覚えがありやす」

「そいつだ」

竜之介は、弥三郎にまちがいないと思った。侵入の手口を、風魔党に話したのも弥三郎であろう。

4

茂平は竜之介から話を聞いた翌日、ひとりで深川《ふかがわ》にむかった。黒江町《くろえちょう》に住む猪造《いぞう》という男と会うつもりだった。

猪造は若いころ盗人《ぬすっと》だったが、捕方に追われたとき、高い崖《がけ》から飛び下り、左足をくじいて足を洗った。その後、長く江戸を離れていたらしいが、十年ほど前に江戸にもどってきて、黒江町で樽平《たるへい》という縄暖簾《なわのれん》を出した飲み屋を始めた。

茂平は久しく樽平に顔を出さなかったが、密偵になる前に何度か飲んだことがあったのだ。樽平には、猪造の若いころを知っている盗人だった男や足を洗った博奕《ばくち》打ちなどが顔を出す。それで、茂平は、猪造なら弥三郎のことを知っているかもしれない、と思ったのだ。

茂平は大川端の通りを南にむかい、永代橋のたもとを過ぎてから左手の通りへ入った。その通りは、富ヶ岡八幡宮《とみおかはちまんぐう》の門前通りに通じている。

掘割にかかる八幡橋《はちまんばし》を過ぎると、前方に富ヶ岡八幡宮の一ノ鳥居が見えてきた。

この辺りから、黒江町である。

茂平は一ノ鳥居が近付いたところで、右手にあったそば屋に目をとめた。二階建ての大きなそば屋である。

……このそば屋だったな。

茂平は、胸の内でつぶやいた。

樽平はそば屋の脇の路地を入ったところにあったのだ。そば屋の脇に、見覚えのある路地があった。飲み屋、一膳《いちぜん》めし屋、小料理屋など、飲み食いできる小体《こてい》な店がごてごてとつづいている。

茂平は路地に入って一町ほど歩いたところで、足をとめた。縄暖簾を出した飲み屋の軒先に赤提灯《あかちょうちん》がつるしてあり、「さけ、樽平」と書いてあった。

茂平は縄暖簾をくぐって店に入った。まだ、陽が高いせいもあるのか、客はいなかった。土間に飯台と腰掛け代わりの空樽《あきだる》が置いてある。

奥で、水を使う音がした。猪造が客に出す肴《さかな》の支度でもしているのかもしれない。

「とっつァん、いるかい」

茂平が声をかけた。

するると、水を使う音がやみ、右手の奥にある板戸があいた。顔を出したのは、猪造だった。猪造は首にかけた手拭《てぬぐ》いで、濡《ぬ》れた手を拭《ふ》きながら土間へ出てきた。板場で、何か洗い物でもしていたらしい。

「茂平か。めずらしいな」

猪造が、くぐもった声で言った。猪造は、老齢だった。鬢《びん》や髷《まげ》に白髪が目だったが、まだ足腰は丈夫らしい。

「酒を頼む。肴はみつくろってくんな」

そう言って、茂平は空樽に腰を下ろした。

「店をあけたばかりでな。まだ、漬物と冷《ひ》や奴《やっこ》ぐれえしかねえぜ」

「それでいい」

「すぐ、持ってくる」

そう言い残し、猪造は板場にもどった。

いっとき待つと、猪造が銚子《ちょうし》を片手にぶら下げ、猪口《ちょこ》、漬物、冷や奴を盆に載せて持ってきた。

茂平は猪造が酒と肴を飯台に置くのを待ち、

「とっつァん、腰を下ろしてくんな。ちょいと、訊《き》きてえことがあるのよ」

と、声をかけた。

猪造は何も言わずに、向かいの空樽に腰を下ろした。

茂平は「一杯、もらうぜ」と言って、猪口に酒を注ぎ、何杯か飲んだ後、

「弥三郎という男を知ってるかい」

と、小声で訊いた。

猪造は鋭い目で茂平を見た後、

「おめえも、弥三郎を探しているのか」

と、凄《すご》みのある声で訊いた。

どうやら、猪造は弥三郎のことを知っているようだ。

「他にも、弥三郎のことを訊きにきたやつがいるのかい」

茂平は、猪造の口振りから、弥三郎を探している男がこの店に来たことを察知した。

「ああ……」

「だれだい」

「留造《とめぞう》ってえ、岡っ引きだ」

「名は聞いたことがある」

留造は深川を縄張にしている岡っ引きだった。かなり老齢のはずである。茂平は、留造と会ったことはなかった。

「そいつが、弥三郎のことを訊きにきたのよ」

「どんなことを訊いた」

どうやら、留造も弥三郎に目をつけたらしい。

「居所だ。留造は弥三郎を追っているらしい」

「それで、とっつァんは、弥三郎の居所を知っているのか」

「弥三郎のことは知らねえが、情婦《いろ》の居所は知ってるぜ」

猪造は、口元に薄笑いを浮かべて言った。

「情婦はどこにいるんだい」

茂平は、情婦から弥三郎が手繰れるのではないかとみたのだ。

「この先の山本町《やまもとちょう》に、喜勢屋《きせや》ってえ料理茶屋がある」

「喜勢屋なら知ってるぜ」

茂平が言った。喜勢屋は、門前通りでも名の知れた料理茶屋だった。

「その喜勢屋の脇を入《へえ》ると、すぐに小菊《こぎく》ってえ小料理屋がある。弥三郎の情婦は、その店の女将《おかみ》よ」

「小菊か。洒落《しゃれ》た名じゃァねえか」

「いい女だと、聞いたぜ」

猪造がそう言ったとき、戸口に近付いてくる足音がし、男がふたり店に入ってきた。職人ふうである。

「いらっしゃい」

猪造は愛想笑いを浮かべ、ふたりの男をあいている飯台に連れていった。

茂平は、猪造も飲み屋の親爺《おやじ》になっている、と思った。茂平は残っていた銚子の酒を飲み終えると、猪造に銭を払って店を出た。これ以上、猪造から話を訊くことはなかったのである。

5

……あれが、小菊だ。

茂平は、路地沿いにあった小料理屋の店先に目をやってつぶやいた。

店の入口の脇の掛け行灯《あんどん》に、「御料理、小菊」と記してあった。入口は洒落た格子戸になっていた。間口の狭い店だが、二階もある。

店先に暖簾《のれん》が出ていた。客がいるらしく男の濁声《だみごえ》と嬌声《きょうせい》が聞こえた。女は店の女将かもしれない。

茂平は路地に目をやったが、付近に話の聞けそうな店はなかった。茂平はしばらく身を隠して、店から客が出てくるのを待とうと思った。馴染《なじ》みの客なら、女将のことだけでなく、小菊に出入りしている弥三郎も目にしているのではないかと思ったのだ。

茂平は小菊の斜向《はす》かいにあった縄暖簾を出した飲み屋の脇に身を隠した。そこに、大きな空樽が置いてあったので、その陰にまわったのだ。茂平は、こうした場所に身を隠すことに慣れていた。蜘蛛《くも》と呼ばれた茂平は、何かに張り付いて身を隠し、気配を消すこともできるのだ。

茂平がその場に身を隠して、半刻《はんとき》（一時間）ほど過ぎただろうか。路地が夕闇につつまれてきたころ、小菊の格子戸があいた。

ふたりの男が、店から出てきた。つづいて、女将と思われる年増《としま》が姿を見せ、戸口で何やら言葉を交わしてから、ふたりの男は店先から離れた。女将は、ふたりを見送りに出てきたらしい。

ふたりの男は、職人ふうだった。ひとりは年配で、もうひとりは若い男である。

ふたりは話しながら路地を歩いていく。

茂平は飲み屋の脇から路地に出ると、ふたりの男の背後に近付き、

「ちょいと、すまねえ」

と、声をかけた。

ふたりは、足をとめて振り返った。ふたりとも、赤い顔をしていた。だいぶ、飲んだらしい。

「何か用かい」

若い男が訊いた。

「いま、小菊から出てきたところを見掛けやしてね。ちょいと、訊きてえことがあるんでさァ。……足をとめさせちゃァもうしわけねえ。歩きながら、あっしの話を聞いてくだせえ」

茂平が腰をかがめて言った。茂平は無口で仲間内でも滅多に話はしないが、妙に愛想のいい物言いである。もっとも、こうしてまったく雰囲気のちがう男に身を変えることも、茂平の変装術のひとつかもしれない。

「そうかい」

年配の男が歩きだすと、若い男も脇についてきた。年配の男が親方で、若い男は親方の下で働いているのかもしれない。

「ちょいと前《めえ》に、小菊に立ち寄って一杯やりやしてね。女将さんが色っぽいので、気になってやして」

茂平が照れたような顔をして言った。

「おそめさんかい」

年配の男が、口元に薄笑いを浮かべて言った。どうやら、女将の名はおそめらしい。

「おそめさんは、独り者《もん》ですかい」

茂平が年配の男に身を寄せて訊いた。

「おまえさん、おそめさんはやめといた方がいいよ」

年配の男が、顔の笑いを消した。

「どうしてです」

「男だよ。おそめさんには、情夫《いろ》がいるんだよ」

「情夫ですかい」

茂平が声をひそめて言った。

「そうだ」

「まァ、おそめさんほどの女なら、情夫のひとりぐれえいても不思議はねえ」

茂平は、何とかおそめの情夫のことを訊きだそうとした。情夫が、弥三郎とみていたからである。

「名は知らねえが、得体の知れない男でね。……何日か前に、御用聞きが情夫のことを近所で聞き込んでいたらしいよ」

年配の男が、首をすくめた。

「御用聞きですかい」

留造だ、と茂平は思った。留造も、弥三郎が小菊に出入りしていることをつかみ、探りにきたらしい。

「そうらしい」

「情夫の稼業を知ってますかい」

「知らねえ。……ともかく、おそめさんは、諦《あきら》めた方がいいよ」

そう言い置いて、年配の男が足を速めると、若い男は慌てた様子で年配の男の後を追った。

茂平は路傍に足をとめ、ふたりの後ろ姿を見送った後、さっきまで身を隠していた空樽《あきだる》の陰にまわった。小菊に弥三郎が姿をあらわすかもしれないと思い、もうすこし小菊を見張ってみることにしたのだ。

それから夜更けまで、茂平は小菊を見張ったが、弥三郎と思われる男は姿を見せなかった。

翌日、茂平は瀬川屋にむかった。離れにいる竜之介に、弥三郎のことを知らせておこうと思ったのである。

竜之介は茂平から話を聞くと、

「弥三郎を押さえれば、風魔党の仲間たちのことも知れるな」

と、身を乗り出して言った。

「へい」

「御用聞きも弥三郎のことを探っているようだが、町方に先に挙げられると、風魔党を捕らえるのはむずかしくなるぞ」

竜之介には、町方がどのような手段をとるか分からなかったが、弥三郎を先に挙げられると、火盗改の出る幕はなくなるだろう。

「あっしもそうみやす」

茂平が低い声で言った。

竜之介はいっとき虚空に視線をとめて黙考していたが、

「町方より先に、弥三郎の居所をつかむことだな」

と、茂平に顔をむけて言った。

「小菊に張り付いて、弥三郎が姿をあらわすのを待ちやす」

「茂平、千次も使ってくれ」

「へい」

茂平がうなずいた。茂平は他の仲間と組むことを好まなかったが、身軽な千次は役にたつと思ったのかもしれない。

6

「待つしかねえ」

茂平がぼそりと言った。

茂平と千次は、飲み屋の脇に置いてあった空樽の陰に身を隠していた。ふたりとも闇に溶けやすい茶の小袖《こそで》に、黒股引《ももひき》姿だった。

ふたりは、その場から小菊の店先に目をやっていた。小菊には客が何人かいるらしく、男の談笑の声や女将《おかみ》の嬌声《きようせい》などが聞こえていた。

六ツ半（午後七時）ごろだった。路地は淡い夜陰につつまれている。路地は結構人通りがあった。富ヶ岡八幡宮の参詣《さんけい》帰りの客や遊山客などが行き交い、路地沿いの飲み屋や一膳《いちぜん》めし屋などの多くは、店をひらいていた。

「兄い、弥三郎らしい男は姿を見せやせんね」

千次が生欠伸《なまあくび》を噛《か》み殺しながら言った。

「そのうちくる」

茂平が、ぼそりと言った。

ふたりが、この場に来て一刻《いつとき》（二時間）以上経つ。すでに、ふたりは小菊から出てきた客に、弥三郎らしい男は店にいないと聞いていた。

「今夜は、来ねえかもしれねえ」

千次はそう言ったが、茂平は何も応《こた》えなかった。

そのとき、茂平は路地の先に目をやっていた。路地は夜陰につつまれ、人影もすくなくなっていた。

「やつかもしれねえ」

茂平が低い声で言った。

「来やしたか！」

千次は身を乗り出して路地の先に目をやったが、夜陰にまぎれて、それらしい男は見つからなかった。

「下駄《げた》を履いた女の後ろだ」

茂平が言った。夜目の利く、茂平には見えているらしい。

年増が下駄の音をひびかせて歩いてくる。その背後に、人影があった。小袖を裾《すそ》高《だか》に尻《しり》っ端折《ぱしょ》りし、黒股引を穿《は》いていた。女の後ろに身を隠すようにして、男が小菊の方へ歩いてくる。

「あいつか」

千次にも見えたらしい。

男は小菊の前に足をとめると、路地の左右に目をやってから格子戸をあけて店に入った。

「どうしやす」

千次が茂平に訊いた。

「出てくるのを待つのだ」

茂平が当然のことのように言った。

ふたりは、その場に身を隠したまま小菊の店先に目をやっていた。それから、一刻ほど過ぎた。路地の人影がすくなくなり、商いを終えて灯を落とす店も増えてきた。

「今夜は、泊まるかもしれねえ」

千次が言った。

「そうだな」

茂平が、「泊まっても、朝になれば、出てくる」と言い添えた。

「明日《あす》の朝まで、張り込むんですかい」

「やつが、出てこなければな」

茂平がそう言ったときだった。

「出てきた！」

千次が声を上げた。

「でけえ声を出すな」

茂平は小菊の店先に目をやったまま言った。

姿を見せたのは、先ほどの弥三郎とおぼしき男と女将だった。ふたりは、店先に立って何やら話していたが、弥三郎が女将の尻を撫《な》で、耳元で何やらささやいてからその場を離れた。女将は弥三郎の後ろ姿を見送っていたが、路地の先に遠ざかると、小菊にもどった。

「千次、尾《つ》けるぞ」

茂平が先に路地に出た。

千次が茂平に並んで歩こうとすると、

「千次、おれの後ろから来い。ふたりだと、目につく」

茂平はそう言って足を速め、千次から離れた。茂平は足音を消し、物陰に身を隠しながら弥三郎の跡を尾けていく。

千次は、弥三郎の背を見ながら歩いた。足の速い千次は、何かあればすぐに追いつける。

前を行く弥三郎は、背後を振り返らなかった。足早に路地を歩き、富ヶ岡八幡宮の門前通りに出た。

弥三郎は門前通りを西にむかった。通りには、まだ人影があった。遅くまで飲んだ酔客や女郎屋で遊んだ男などである。

茂平は弥三郎からすこし間をとり、表戸をしめた店の軒下闇をたどるようにして跡を尾けた。

前を行く弥三郎は一ノ鳥居の近くまで来ると、左手の路地に入った。

茂平は走った。弥三郎の姿が見えなくなったからである。

この辺りは、永代寺門前仲町《えいたいじもんぜんなかちょう》だった。富ケ岡八幡宮から遠くなったせいもあって、表通りから路地に入ると、急に寂しくなった。飲み食いする店はなくなり、人影もほとんどなかった。

茂平は路地の角まで来ると、すぐに踏み込まずに、表戸をしめた店の脇から路地に目をやった。

弥三郎の後ろ姿が見えた。寝静まった路地を、雪駄《せった》を鳴らしながら歩いていく。

茂平は千次が近付くのを待って路地に入った。ふたりは路地沿いの寝静まった家の軒下をたどるようにして、弥三郎の跡を尾けていく。

前を行く弥三郎が、仕舞屋《しもたや》の前で足をとめた。低い板塀をまわした借家ふうの家である。路地に面したところに吹き抜け門があった。門といっても丸太を二本立てただけで、門扉もなかった。

家から、灯が洩《も》れていた。だれかいるらしい。

弥三郎は門から入った。そして、家の戸口で何か声をかけてから板戸をあけてなかに入った。

「やつの塒《ねぐら》かな」

茂平が声を殺して言った。

「塀に近付いてみやすか」

「そうだな」

茂平と千次は、板塀に身を寄せた。

家のなかから、話し声が聞こえた。ふたりの男が何か話している。言葉遣いから、ふたりが町人であることが知れた。小声のせいもあり、耳のいい茂平にも何を話しているか、聞き取れなかった。

「風魔党の仲間だ」

千次が目をひからせて言った。

「そうかもしれねえ」

家にいた男が何者であれ、弥三郎の隠れ家とみていい。弥三郎をどうするか、竜之介の判断に従おうと思った。

「引き上げるぞ」

茂平が千次の耳元で言って、その場を離れた。千次は慌てた様子で茂平の後をついてきた。

7

竜之介は瀬川屋の離れで、女将《おかみ》のおいそと娘のお菊を相手に話していた。今朝はどういうわけか、ふたりで朝めしを運んでくれたのだ。

「雲井さま、お屋敷に帰らなくていいんですか」

おいそが、上《あ》がり框《がまち》に腰を下ろしたまま訊《き》いた。お菊は心配そうな顔をして、竜之介に目をやっている。

「何かあったのか」

竜之介が訊いた。ふたりが、雲井家のことを持ち出すのは珍しかったのだ。

「昨日ね、お屋敷から、六助さんがみえたんですよ」

おいそが言った。

「何の用で来たのだ」

「お屋敷のご両親が心配なさって、六助さんに雲井さまのご様子を見てくるように頼んだようですよ」

「そういえば、久しく家に帰ってないな」

風魔党の探索にかかわるようになってから、我が家に帰ったのは一度だけだった。後は瀬川屋の離れに居続けである。

「おごとなので、雲井さまのお気持ちも分かりますけど、ご両親に心配をかけるのは……」

おいそが、困惑したような顔をした。

「雲井さま、平十さんの舟で、お屋敷の近くまで送ってもらったらどうかしら。わたし、お屋敷の近くまでいっしょに行ってもいい」

お菊が身を乗り出すようにして言った。

「い、いや、ひとりで行く」

竜之介が慌てて言った。お菊に送ってもらうわけにはいかない。

そんなやり取りをしているところに、表戸があいて平十が顔を出した。いつもの浮ついた顔ではなかった。

「どうした、平十」

竜之介は立ち上がった。事件のことで、何かあったとみたのである。

「茂平と千次が来てやす」

「どこにいる」

「桟橋にいやす」

「ここに連れてきてくれ」

竜之介は、おいそとお菊に、「ちかいうちに、家に帰るから」と小声で言って、ふたりに離れから出てもらった。

平十が、茂平と千次を連れて離れに入ってきた。

竜之介は、三人が上がり框に腰を下ろすのを待ってから、

「何か知れたのか」

と、茂平に目をやって訊いた。

「へい、弥三郎の塒が知れやした」

茂平がくぐもった声で言った。

「どこだ」

「深川の仲町でさァ」

茂平が答えた。

仲町は、深川の永代寺門前仲町のことである。

茂平の脇にいた千次が、

「借家らしい塒に、ふたりいやした」

と、身を乗り出して言い添えた。

「もうひとりは」

「名は知れやせんが、風魔党の仲間のようです」

「やっと、尻尾《しっぽ》をつかんだか」

竜之介が言った。

次に口をひらく者がなく、その場が静まったが、

「旦那《だんな》、ふたりを捕りやすか」

と、平十が訊いた。

「駄目だ。いま、ふたりを捕れば、他の五人は隠れ家から姿を消すぞ。下手をすれば、江戸を出るかもしれん」

竜之介は、そうなると風魔党を捕らえるのは難しくなるとみた。

「泳がせやすか」

茂平が訊いた。

「そうしてくれ。おこんにも頼むか」

女で掏摸《すり》の経験のあるおこんなら、人通りの多い八幡宮の門前通りを尾行するのに適任ではないか、と竜之介は思った。

「三人でやりやしょう」

茂平が、めずらしく語気を強くして言った。

翌日、茂平、千次、おこんの三人は、深川にむかった。三人は、永代寺門前仲町の弥三郎の住む仕舞屋のある路地まで来ると、すこし間をとって歩いた。いっしょに歩くと、人目を引くからだ。

先頭を歩いていた茂平は、仕舞屋の近くまで来ると路傍の樹陰に身を隠した。そして、千次とおこんが来るのを待ってから、

「あれが、弥三郎の隠れ家」

と言って、仕舞屋《しもたや》を指差した。

「あっしが、いるかどうかみてきやす」

そう言い残し、千次が仕舞屋に足をむけた。

千次は通行人を装って仕舞屋に近付き、戸口近くに身を寄せて歩調を緩めたが、そのまま通り過ぎた。そして、半町ほど歩いたところで、踵《きびす》を返した。もどる途中でも、仕舞屋の戸口に身を寄せてなかの様子を窺《うかが》っていた。

千次は仕舞屋の前を通り過ぎると、小走りになった。そして、茂平とおこんのい

る樹陰にもどると、

「家には、だれもいねえ」

と、困惑したような顔をして言った。

「留守なのかい」

おこんが訊いた。

「へい、家のなかから、何の物音も聞こえてこねえんでさァ」

千次が首をひねった。

「おれが、みてくる」

黙って聞いていた茂平が、樹陰から路地に出た。

茂平は仕舞屋の脇まで行くと、足をとめて周囲に目をやってから、スッと板塀の陰に身を隠した。そして、板塀に身を隠しながら、素早い動きで仕舞屋の裏手にまわった。蜘蛛《くも》の茂平と呼ばれる盗人《ぬすっと》だったことを思い出させるような動きである。

いっときすると、茂平は板塀の陰に姿をあらわし、路地にもどった。そして、通行人を装っておこんと千次のいる樹陰に帰ってきた。

「家には、だれもいない」

茂平が言った。

「ふたりして、どこかへ出掛けたんじゃァないの。金が入ったんで、女郎屋にでも行ったかもしれないよ」

おこんが、茂平に目をやって言った。

「しばらく、様子をみるしかないいな」

「三人で、ここに張り込むことはないよ」

おこんが言った。

「そうだな」

「どう、近所で聞き込んでみない」

「いいだろう」

三人は、交替して仕舞屋を見張ることにした。そして、見張りに立たないときは、近所で弥三郎といっしょにいた男のことを聞き込むのである。


その日、陽が沈むころまで、茂平たちは仕舞屋の見張りと聞き込みにあたった。

弥三郎たちは、仕舞屋に帰ってこなかった。ただ、聞き込みで、ふたりのことがだいぶ知れた。

弥三郎といっしょに住む男は、平造《へいぞう》という名であることが知れた。平造には決まった仕事がなく、遊び歩いていることが多いようだ。また、ふたりの住んでいるのは借家で、二年ほど前から住むようになったらしい。

「あたし、気になることを耳にしたんだ」

おこんが声をひそめて言った。

茂平と千次が、おこんに目をやった。

「岡っ引きが、弥三郎のことを探っていたらしいよ」

「留造か！」

茂平が声高に言った。茂平は猪造から、深川を縄張にしている留造という岡っ引きが弥三郎を探っていると聞いていたのだ。

第三章　喉突き半兵衛

1

「雲井さま、お屋敷に帰られたの」

お菊が、訊《き》いた。

朝餉《あさげ》の後、お菊は茶を淹《い》れて離れまで持ってきてくれたのだ。

「帰ったぞ」

竜之介は、昨日、御徒町にある雲井家の屋敷に帰り、久し振りで両親と話してきた。

「どんな話をなさったの」

「嫁の話だ」

母親のせつは、嫁をもらうよう何度も口にしたが、父親の孫兵衛は、「こればっかりは縁だからな」と言ったきりで、竜之介とせつの話を聞いていた。いつもそうである。孫兵衛は、嫁の話になると聞き役にまわるのだ。

「お嫁さんの……」

ぽっ、とお菊は顔を赤らめ、下をむいてしまった。

「どういうわけか、そのとき、お菊のことが頭に浮かんでな。話そうかと思ったが、黙っていたよ」

そう言って、竜之介はお菊の顔を覗《のぞ》くように見た後、湯飲みの茶を飲み干した。

お菊はさらに顔を赤らめ、下をむいたまままもじもじしている。

そのとき、離れに走り寄る足音がし、引戸があいて、平十と千次が顔を出した。

ふたりとも、ひどく慌てている。

「どうした」

竜之介が訊いた。

「殺《や》られやした、岡っ引きの留造が」

千次が声高に言った。

「弥三郎を追っていた男か」

「そうでさァ」

「場所はどこだ」

竜之介は立ち上がった。すぐに、現場に行ってみようと思った。

「深川の蛤町《はまぐりちょう》で」

千次が声高に言った。蛤町は、弥三郎の住む借家のある永代寺門前仲町と隣接している。

「旦那《だんな》、舟を出しやすぜ。蛤町なら、歩かずに行けまさァ」

平十が身を乗り出して言った。どうやら、平十は千次から話を聞き、舟を出すつもりでここに来たらしい。

「頼む」

竜之介は、お菊に、「出掛けてくる」とだけ言って、千次たちの後につづいた。

竜之介と千次が、瀬川屋の桟橋に舫《もや》ってある猪牙舟《ちょきぶね》に乗り込むと、

「舟を出しやすぜ」

平十は舫い綱を杭《くい》から外し、艫《とも》に立って棹《さお》を握った。

竜之介たちの乗る舟は大川を下り、永代橋をくぐったところで、水押《みお》しを左手の陸地にむけた。その辺りは、深川相川町《あいかわちょう》である。舟は陸沿いを南にむかい、大名の

下屋敷と中島町《なかじまちょう》の間の掘割に入った。その掘割が突き当たったところで、左手に折れ、さらに右手に進むと前方に黒船橋《くろふねばし》が見えてきた。掘割の左手に、町並がひろがっている。この辺りから蛤町である。

「舟をとめやすぜ」

平十が声をかけ、水押しを掘割の左手にあった船寄にむけた。ちいさな船寄で、とめてある舟は一艘《そう》もなかった。

舟が船寄に着くと、竜之介と千次が先に下り、平十が舫い杭に舟を繋《つな》ぐのを待って掘割沿いの通りに出た。

「こっちです」

千次が先にたった。

三人は掘割沿いの道を半町ほど東に歩いてから、舂米屋《つきごめや》の脇の路地に入った。そこは寂しい路地で、人家はすくなく笹藪《ささやぶ》や空き地などが目だった。

路地をいっとき歩くと、人だかりができていた。

「あそこか」

竜之介が訊いた。

「へい。茂平兄いとおこんさんがいやす」

千次が指差した。

人だかりのなかに、茂平とおこんの姿があった。集まっているのは土地の住人が多いようだが、岡っ引きや下っ引きらしい男の姿もあった。まだ、八丁堀同心の姿は見当たらなかった。

「前をあけてくんな」

平十が野次馬たちに声をかけると、「火盗改の旦那だ」と岡っ引きらしい男が言って、身を引いた。すると、そばにいた野次馬たちも慌ててその場から離れた。

人だかりのなかほどに、男がひとり仰向《あおむ》けに倒れていた。首から胸にかけて、どす黒い血に染まっている。

竜之介は倒れている男のそばに行くと、

「喉《のど》を突かれている！」

と、思わず声が出た。

男を仕留めた者は、すぐに知れた。風魔党のひとり、喉を突いて相手を殺す武士である。竜之介が倒れている男のそばに立っていると、背後に茂平が近寄り、

「岡っ引きの留造ですぜ」

と、小声で言った。

竜之介は無言でうなずいた。留造は、弥三郎の身辺を執拗《しつよう》に探っていた。弥三郎たちは、留造に探られていることを知り、仲間の武士に話して始末したのだろう。あえて、留造の喉を突いて殺し、下手人がだれか分かるようにしたのは、風魔党のことを探ればこういう目に遭う、と町方に知らせるためにちがいない。

竜之介は、人だかりから身を引いた。留造の死体を調べて、探ることは何もなかった。下手人も、殺した理由も知れていたのだ。

竜之介は人だかりから離れたところで、

「近所で、聞き込んでくれ」

と、茂平たちに指示した。

茂平たち四人は、すぐにその場から散った。竜之介が留造の死体が横たわっている場からすこし離れた路傍に立っていると、定廻《じょうまわ》り同心の吉沢が、数人の手先を連れて姿を見せた。

吉沢は留造の検屍《けんし》をした後、その場にいた岡っ引きたちに、近所で聞き込みにあたるよう指示した。すぐに、岡っ引きたちはその場から散ったが、どの男も足取りが重かった。留造の二の舞いになることを恐れているようだ。

2

竜之介は留造が殺された現場近くで、聞き込みにむかった茂平たちがもどるのを待っていた。

茂平たちが聞き込みにあたって、一刻《いっとき》（二時間）ほど経ったろうか。茂平と千次がもどり、間を置かずにおこんと平十が帰ってきた。

「弥三郎と平造は、仲町の借家にもどったようです」

すぐに、千次が言った。

千次と茂平は仲町の借家まで行き、近所で聞き込んでみたという。話を訊《き》いた近所の住人のなかに、今朝、弥三郎と平造が借家から出るのを見た者がいたそうだ。

留造が殺された蛤町は永代寺門前仲町の隣町なので、この場から借家まではそれほど遠くない。

「いまは、借家にいないのか」

竜之介が訊いた。

「留守のようでさァ」

千次が言うと、

「まだ、弥三郎たちは、あの借家に出入りしているとみていい」

と、茂平がつぶやくような声で言い添えた。

「その借家に目を配っていれば、ふたりを押さえることができるわけだな」

「へい」

茂平がうなずいた。

つづいて、竜之介はおこんと平十にも訊いてみた。

「あたしらは、門前通りまで出て、弥三郎のことを訊いてみたんです」

おこんによると、地元の地まわりらしい男に、それとなく弥三郎のことを訊いたという。

「それで、何か知れたのか」

「三日前に、弥三郎らしい男が、門前通りを歩いているのを見掛けたことがあると聞いただけで、これといったことはつかめなかったんです」

おこんが言うと、平十は黙ったままうなずいた。

「いずれにしろ、弥三郎と平造は、仲町の借家に出入りしているとみていいな」

竜之介が言った。借家を見張れば、ふたりが姿をあらわし、捕らえることができるかもしれない。

竜之介は、弥三郎たちの住む仲町の借家を見てみようと思い、茂平に話して案内してもらった。おこん、平十、千次の三人も同行したが、弥三郎たちに気付かれないようにばらばらになって歩いた。そして、借家を遠方から見ただけで路地を出た。どこに、弥三郎たちの目があるか分からなかったからである。

その日、竜之介たちは平十の舟で、瀬川屋にむかった。

竜之介は瀬川屋の桟橋に舟が着くと、

「寅六にも声をかけて、離れに集まってくれ」

と、平十に頼んだ。

竜之介は、密偵《てさき》たちの総力をあげて弥三郎と平造の居所をつかみ、ふたりを捕らえようと思った。

その夜、瀬川屋の離れに、密偵たち五人が集まった。竜之介たちは、おいそに頼んで用意してもらった貧乏徳利《どっくり》の酒を湯飲みでいっとき飲んだ後、

「弥三郎と平造を捕らえるつもりだ」

と、竜之介が切り出した。

「借家を見張って、やつらがあらわれたらお縄にすればいいんですぜ」

平十が言った。

「いや、そう簡単ではない。……おれたちが捕らえたことを、風魔党の仲間に知れるとまずいのだ」

風魔党の者たちは、仲間の弥三郎と平造が火盗改に捕らえられたと知れば、それぞれの隠れ家から姿を消す。ただ、隠れ家を変えるだけなら、さらに行方を追って居所を突き止める手もあるが、一味の者たちがばらばらになって江戸から離れるようなことにでもなれば、捕縛するのは難しくなる。

竜之介が、火盗改の手で弥三郎たちが捕らえられたことを仲間に知れないようにしたいと話すと、

「それなら、土地の者と喧嘩《けんか》でもしたように見せたらどうです」

と、おこんが言った。

「おこん、どうやるのだ」

竜之介が訊いた。

「八幡さま界隈《かいわい》は、遊び人や地まわりがふらついています。そいつらに成り済まして、弥三郎に喧嘩をふっかけるんです」

「それで」

竜之介が話の先をうながした。

「弥三郎か平造を人気のない路地にでも引き込んで、たたきのめし、ひそかに連れ出せば、あたしらがやったと分からないはずですよ」

「なるほど」

「ただ、弥三郎と平造のふたりを、ここまで連れてくるのが、むずかしいね」

「いや、どちらかひとりでいい。ひとり逃がせば、かえって都合がいいではないか。逃げた者が仲間に、土地の者に喧嘩をふっかけられたと話すからな」

竜之介は、おこんが話した手で弥三郎か平造のどちらかを捕らえようと思った。

いっとき、酒を仲間うちで飲んだ後、

「それで、だれがやる」

と、竜之介が声をあらためて言った。

「あっしは、やりやす」

千次が声高に言うと、平十、寅六、茂平、おこんの四人も、やってもいい、と口々に言った。

「よし、五人に頼む。念のため、身装《みなり》を変えてくれ。男たちは遊び人か地まわりらしい格好にな」

竜之介が言うと、

「あたしが、むかしを思い出して、弥三郎か平造に因縁をつけるから、平十さんたちは仲間のふりをして、弥三郎たちを押さえておくれ」

おこんが言った。

「おもしれえ。さっそく、あっしの舟で深川へ行きやしょう」

平十が声高に言って、手にした湯飲みの酒を一気に飲み干した。

3

翌日の昼過ぎ、竜之介と五人の密偵は、平十の舟で深川にむかった。竜之介をはじめ、五人はそれぞれ身装を変えていた。平十、寅六、茂平、千次の四人は、小袖《こそで》を裾高《すそだか》に尻《しり》っ端折《ぱしょ》りし、両脛《すね》をあらわにした。遊び人ふうである。おこんは掏摸《すり》だったころと同じように、細縞《ほそじま》の小袖に下駄《げた》履きで、粋な年増《としま》に見せている。

竜之介は、羽織袴《はおりはかま》姿で二刀を帯びた。火盗改に見えないように、御家人ふうの格好にしたのだ。

竜之介たちの乗る舟は昨日と同じように大川を下り、掘割をたどって蛤町の船寄にとまった。

「下りてくだせえ」

平十が声をかけた。

竜之介たち六人は舟から下りると、まず弥三郎と平造の住む借家の前を通って、ふたりがいないことを確認した。そして、路地をたどり、富ケ岡八幡宮の門前通りに出た。

竜之介は平十たちを集め、一刻《いっとき》（二時間）ほどしたら、一ノ鳥居のそばに集まるように話した後、

「弥三郎たちを見つけねばならん。この場で分かれ、門前通りや賑《にぎ》やかな路地をたどって弥三郎と平造を探してくれ」

と、指示した。

五人は、すぐにその場で分かれた。分かれたといっても、別々に八幡宮方面にむかい、賑やかな路地や八幡宮の門前などを探ることになるだろう。

平十と寅六は、八幡宮の門前通りを門前にむかってぶらぶら歩きながら、通りの左右に目をやった。弥三郎と平造の姿を探したのである。門前通りは、賑やかだっ

た。様々な身分の参詣客《さんけい》や遊山客が行き交っている。

ふたりは、前方に八幡宮の門前の鳥居が見えるところまで来たが、弥三郎と平造らしい男は目にしなかった。

「こうやって探しても、見つからねえな」

平十がうんざりした顔で言った。

「土地の者に訊《き》いた方が早《はえ》えな」

寅六は八幡宮の門前に目をやり、広場の隅に十九文店《じゅうくもんみせ》が出ているのを目にした。

十九文店は、人形、皿、櫛《くし》、煙管《キセル》など、何でも十九文で売る店である。現在の百円ショップと似た店で、この時代は人の集まる寺社の門前や広小路《ひろこうじ》などに店を出すことが多かった。

「あの男なら、知っているな」

寅六は、そうつぶやいて十九文店に足をむけた。

寅六の生業《なりわい》は、手車売りだった。ふだん賑やかな寺社の門前で、子供相手に手車を売って暮していた。そのため、寺社の門前や広小路に店を出す者たちのことをよく知っていたのだ。

寅六が手車売りであることを話してから、

「どうだい、商いは」

と、十九文店の親爺《おやじ》に訊いた。

「まァ、ぼちぼちだ」

「ここは、子供がすくねえな」

「手車は、売れねえぞ」

「おれは、浅草寺界隈で商売をすることが多いんだが、ちかごろやりづらくなってな。でけえ声じゃァいえねえが、浅草寺界隈を縄張《シマ》にしてる嫌な野郎が、うるさくてよ」

寅六は、土地の地まわりや遊び人を臭わせて言った。

「どこも、同じだよ」

親爺が顔をしかめた。

寅六は親爺に身を寄せ、

「ちかごろ、弥三郎と平造ってやつが、この辺りで幅を利かしていると耳にしたんだがな。知ってるかい」

と、声をひそめて訊いた。

「知ってるぜ」

親爺も声をひそめた。

「何か言ってこねえのかい」

「ああ、やつらはこの辺りを縄張にしてるわけじゃァねえからな。それに、懐が温かいらしく、女郎屋に出入りしてるらしいや」

親爺が口元に薄笑いを浮かべて言った。

「どこの女郎屋だい」

寅六は、女郎屋で訊けば弥三郎たちのことが知れると思った。

「門前町《もんぜんちょう》の玉置屋《たまきや》らしい。あそこで遊ぶのは銭がいるが、上玉が揃っているからな」

永代寺門前町は、八幡宮の西方、門前通り沿いにひろがっていた。賑やかな町で、料理茶屋、女郎屋、置屋などの店が軒を連ねている。

「よほど、銭があるんだな」

寅六は、「ここにつっ立ってて、商いの邪魔になっちァいけねえ」と言い残し、十九文店の前から離れた。

寅六が門前町の方へ歩き出すと、後を追ってきた平十が、

「うまく聞き出したじゃァねえか」

と、感心したように言った。

「玉置屋に行ってみるか」

寅六が通りかかった土地の者らしい男に玉置屋がどこにあるか訊くと、すぐに教えてくれた。一町ほど先の左手に、大きな料理屋と並んでいるそうだ。

寅六と平十は、八幡宮の門前の方へむかった。

「あれだ」

平十が、通り沿いの女郎屋らしい店を指差した。

店の入口に、玉置屋と染め抜かれた大きな暖簾《のれん》がかかっていた。その脇の長床几《しょうぎ》に妓夫《ぎゆう》が腰を下ろしていた。妓夫は客の呼び込みをする男である。

「おれが、妓夫に訊いてみる」

平十が、玉置屋に近付いた。

すると、妓夫が腰を屈《かが》め、揉《も》み手《で》をしながら平十に近付いてきた。客と思ったらしい。

「兄い、馴染《なじ》みはだれです」

妓夫が訊いた。

「ちょいと、訊きてえことがあってな」

そう言って、平十は巾着《きんちゃく》から一朱銀《いっしゅぎん》を取り出して妓夫に握らせてやった。こうした男は、鼻薬をきかせないと話さない。

「ありがてえ。何でも訊いてくんな」

妓夫はニヤニヤしながら平十に身を寄せた。

「弥三郎と平造ってえ男を知ってるかい」

平十はふたりの名を出した。

「知ってるよ」

妓夫の顔から薄笑いが消えた。

「むかし、ふたりに痛《いて》え目に遭ったことがあってな。店で、鉢合わせしたくねえのよ」

「今日は、まだ来てねえぜ」

妓夫が、声をひそめて言った。

「よく来るのかい」

「馴染みがいてな。……このところ、よく顔を出す」

「何刻ごろ、来るんだい」

「陽が沈んでから来ることが多いな」

平十は、西の空に目をやった。陽は西の空にあったが、沈むまで半刻《はんとき》（一時間）ほどであろうか。

「陽が、もっと高《たけ》えうちにくらァ」

そう言って、平十は妓夫から離れた。

「そうかい」

4

平十と寅六が一ノ鳥居に行くと、竜之介と茂平、千次、おこんの四人の姿があった。平十たちを待っていたらしい。

「遅れちまって、申し訳ねえ」

寅六が首をすくめて言った。

「何か、知れたか」

すぐに、竜之介が訊《き》いた。

「へい、弥三郎と平造をつかめそうですぜ」

そう言って、寅六が玉置屋の妓夫から聞き出したことを一通り話した。

「玉置屋の近くで待っていれば、弥三郎と平造が来るんだね」

おこんが身を乗り出した。

「ふたりいっしょかどうか分からねえが、来るとみていいな」

寅六が言った。

「よし、ふたりが来るのを待ち伏せして、仕掛けよう」

竜之介が声高に言った。

見ると、陽は西の家並のむこうにまわっていた。家の軒下や樹陰などには淡い夕闇が忍び寄っていたが、門前通りはまだ明るかった。

竜之介たちは、八幡宮の方へ足をむけた。六人は通行人を装い、すこし間をとって歩いた。

先にたった平十と寅六が、玉置屋から半町ほど離れた路傍に足をとめた。通り沿いのそば屋の脇に、太い松があった。その幹の陰に、竜之介、茂平、千次の三人が身を隠し、おこん、平十、寅六の三人が路傍に立って通りに目を配った。六人はそうやって、弥三郎と平造が姿を見せるのを待った。

それからしばらく経つと、陽が家並のむこうに沈み、門前通りは淡い夕闇につつまれてきた。

行き交う人の姿は、だいぶすくなくなったが、それでも遊山客や女郎屋に来た男などが薄暗い通りを歩いていた。

「あのふたりじゃァねえか」

寅六が通りを見ながら言った。

遊び人ふうの男がふたり、こちらに歩いてくる。ひとりは中背で、もうひとりはずんぐりした体軀《たいく》だった。

「まちげえねえ。やつらだ」

平十が言った。平十はふたりの顔を知らなかったが、弥三郎は中背で、平造がずんぐりした体軀だと聞いていたのだ。

「来たぞ」

平十が、その場にいた竜之介たちに小声で伝えた。

「いよいよ、あたしの出番だね」

そう言って、おこんが通りに出た。

おこんの後に平十と寅六がつづき、ふたりの後方から、茂平と千次が歩いていく。

竜之介は動かなかった。様子をみて、平十たちにくわわるつもりなのだ。

弥三郎と平造が、何やら話しながら近付いてきた。前からくる平十たちを目にしたはずだが、通行人と思ったらしく、何の反応も見せなかった。

おこんは、肩を振るようにして弥三郎たちに近付いていく。

弥三郎が前から来るおこんに気付き、脇を歩いている平造に顔をむけ、「いい女じゃァねえか」とつぶやいた。

ふたりはおこんに目をやり、ニヤニヤしながら歩いてくる。

おこんは、ふたりのことなど眼中にないような顔をして近付いた。そして、弥三郎が間近に迫ったとき、平造のいない方に素早く身を寄せ、右肩で弥三郎の胸の辺りに突き当たった。

「どこに、目をつけて歩いてるんだい！」

おこんが、蓮《はす》っ葉《ぱ》な物言いで声を上げた。

「こ、この女《あま》、てめえの方から突き当たっておいて、なんてえ言い草だ！」

弥三郎が、怒りに声を震わせた。

このとき、平十たち四人が足を速めておこんに近付いた。竜之介も、刀の柄《つか》に手をかけて間をつめていく。

「勘弁して欲しかったら、謝んな！」

おこんは、さらにふたりを挑発した。

「な、何だと！　勘弁できねえ」

弥三郎が袖《そで》をたくしあげて、拳《こぶし》をおこんにむけた。殴りかかろうとしている。

そのとき、平十がおこんの脇へまわり込んできた。

平十が「姐《あね》さんに、何をしやがる！」と叫び、寅六、茂平、千次の三人が、平十に身を寄せた。

「仲間がいやがった！」

弥三郎が叫び、懐から匕首《あいくち》を取り出そうとした。

これを見た茂平が、弥三郎に飛び付いた。獲物に飛び掛かる獣のような素早い動きだった。平十と千次は、平造の前と後ろから迫った。

近くを通りかかった男や女が、「喧嘩《けんか》だ！」「巻き添えを食うよ！」「逃げろ！」などと、叫びながら逃げ散った。

弥三郎は茂平に押し倒され、地面に俯《うつぶ》せになった。茂平は弥三郎に馬乗りになり、右腕を後ろにとって捩《ね》じ上げた。弥三郎は悲鳴を上げて身を捩《よじ》っている。

これを見た平造は、懐から匕首を取り出し、

「殺してやる！」

と、叫びざま反転して、後ろにいた千次に斬りかかろうとした。

竜之介が「千次、引け！」と叫んだ。千次は、素早い動きで後ろへ跳んだ。鳶《とび》をやっているだけあって、敏捷《びんしょう》である。

平造は悲鳴を上げ、匕首を手にしたまま逃げ出した。平十と千次は、平造を追わなかった。ひとりは、逃がしてもいいことになっていたのだ。竜之介たちは、逃げたひとりが、八幡宮界隈《かいわい》のならず者たちに喧嘩をふっかけられたと話すと踏んでいたのだ。

茂平たちは弥三郎を後ろ手に取って手拭《てぬぐ》いで縛ると、松の樹陰に引き摺《ず》り込んだ。そして、自分たちもその暗がりに身を隠した。

すでに、辺りは濃い夕闇につつまれていた。竜之介たちは、辺りが深い夜陰につつまれるのを待ち、人気のない裏道をたどって舟のとめてある船寄にもどった。いったん、舟で瀬川屋の離れに弥三郎を連れていくつもりだった。

5

翌朝、まだ暗いうちに、竜之介は捕らえた弥三郎を平十の舟に乗せ、瀬川屋の桟橋から築地にむかった。横田屋敷の白洲《しらす》で、弥三郎を吟味しようと思ったのだ。それというのも、瀬川屋の離れで吟味すると、外に声が洩《も》れ、弥三郎が竜之介の手で捕らえられたことが風魔党に知れる恐れがあったからだ。

竜之介たちの舟は、まだ夜が明けきらないうちに、西本願寺の裏手の船寄に着いた。

「平十、屋敷の近くまでいっしょにきてくれ」

竜之介が、平十に声をかけた。平十は横田屋敷に入るのを嫌がるが、門前までならいっしょに来る。

「承知しやした」

平十は舫《もや》い綱を杭《くい》にかけてから船寄に下りた。

「昼ごろに、船寄まで迎えにきてくれ」

竜之介が、横田屋敷にむかいながら言った。

「昼めしは、瀬川屋で食いやすか」

「そうしよう。おいそに、話しておいてもらおうか」

竜之介と平十はそんなやり取りをしながら、まだ明けきらない通りを横田屋敷にむかった。

東の空が曙色《あけぼのいろ》に染まり、辺りがだいぶ明るくなってきた。いっときすれば、朝日が顔を出すのではあるまいか。

竜之介は横田屋敷の表門まで来ると、門番に話してからひとりで弥三郎を連れてくぐりから門内に入った。

平十は門の前で竜之介と離れ、舟をとめてある船寄にもどった。そのまま瀬川屋に帰るのである。

竜之介は、横田に風魔党のひとりを捕らえたことを話さず、弥三郎を屋敷内にある白洲に連れていった。

通常、科人《とがにん》の吟味は横田が当たるが、まだ捕らえたのはひとりで、吟味というより訊問《じんもん》だった。それに、竜之介は風魔党に弥三郎を捕らえたことを知られたくなかったのだ。後で、横田には竜之介から、事件とのかかわりがはっきりしなかったので、己の手で訊問したと話すつもりだった。

竜之介は仮牢《かりろう》の番人の重吉《じゅうきち》を呼び、吟味の場に筵《むしろ》を敷かせ、そこに弥三郎を座らせた。重吉はそのまま白洲に残り、青竹を手にして弥三郎の後ろに立った。重吉は仮牢の番人だが、吟味のおりの責役《せめやく》にもなったのである。

竜之介は一段高い座敷に座り、

「弥三郎、面《おもて》を上げろ！」

と、声をかけた。

竜之介の顔が変っていた。顔がひき締まり、双眸《そうぼう》に射るような鋭いひかりが宿っている。火盗改の与力らしい凄《すご》みのある顔である。竜之介の吟味を受けたことのある男たちのなかに、竜之介のことを鬼与力と呼ぶ者がいた。

竜之介は悪事を憎み、科人に対して鋭い訊問をつづけ、拷問することもあった。それで、鬼のように見えたのだろう。

弥三郎の顔に、驚きと怯《おび》えの色が浮いた。竜之介が吟味するとは思わなかったようだ。それに、背後に立った男が青竹を持っていたので、ただの訊問ではないと察知したらしい。

「あ、あっしは、何も悪いことはしてやせん」

弥三郎が、声を震わせて言った。

「それなら、有《あ》り体《てい》に話せるな」

「……………！」

弥三郎は、顔をこわばらせたまま口をつぐんだ。

「夜嵐の駒蔵という男を知っているな」

竜之介は駒蔵の名を出した。

弥三郎の顔が、ひき攣《つ》ったようにゆがみ、

「し、知らねえ」

と、声を震わせて言った。

「知らないはずはない。おまえは、駒蔵一味のひとりだったはずだ」

「駒蔵などという男は知らねえ！」

弥三郎が声高に言った。

「知らないか。では、別のことを訊《き》く。おまえは、風魔党のひとりだな」

「う、風魔党とは、何のかかわりもねえ」

「おい、ここを、どこだと思っているのだ。火盗改の白洲だぞ」

そう言って、竜之介はさらにつづけた。

「おまえたちは辰川屋に押し入ったとき、店の奥へ行くために仲間といっしょに廊下を通った。そのとき、仲間のひとりが、厠《かわや》から出てきた手代を斬った。……おまえたちは、気付かなかっただろうが、厠に、もうひとり手代がいたのだ」

「……！」

弥三郎の顔に、驚きと戸惑いの色が浮いた。

「廊下で、手代を斬った男が、弥三郎と名を呼び、こいつは手代だな、と訊いたはずだ」

竜之介がそこまで話すと、弥三郎の顔が再びひき攣ったようにゆがみ、体が激しく顫《ふる》えだした。

「これでも、おまえは風魔党とかかわりがないと言うのか」

竜之介が、弥三郎を見すえた。

弥三郎は視線を膝先《ひざさき》に落とし、体を顫わせたまま口をつぐんでいた。顔から血の気が失《う》せ、視線が揺れている。

「弥三郎、辰川屋に押し入ったな」

竜之介が念を押すように言った。

すると、弥三郎は顔を上げ、

「お、おれと、同じ名の男が、風魔党のなかにいたのだ」

と、声を震わせて言った。

竜之介は顔をしかめて、虚空を睨《にら》むように見すえていたが、

「痛い目をみないと、話す気になれぬか。弥三郎、この屋敷には、いい責具があるのを知っているな。……横田棒と呼ばれている物だ」

と、弥三郎に目をやって言った。

横田棒は、火盗改の御頭の横田が考案した物で、石抱きの拷問のおり、三角形の角材を並べ、その上に下手人を座らせ、腿《もも》の上に平石を積み上げていくのだ。石の枚数が多くなると、脛《すね》の皮膚が破れ、足の骨にまで食い込む。いかに剛の者でも、その苦痛に耐えられないと言われている。

「横田棒を味わってみるか」

竜之介は、石を一、二枚積んでも、弥三郎が口をひらかなければ、御頭の横田に頼むつもりだった。下手に、竜之介が石抱きの拷問をおこない、弥三郎が命を落とすようなことにでもなれば、竜之介の立場がなくなる。

6

竜之介は、弥三郎を縛った縄を重吉に持たせ、拷問蔵《せめぐら》に連れていった。拷問蔵は横田家の土蔵を改造したものである。

土蔵の正面に、吟味役の者が座る一段高い座敷があり、土間には小砂利が敷いてあった。そこに、下手人を座らせるのだ。

薄暗い土蔵の両脇には、様々な拷問具が置かれていた。下手人をたたく青竹、六尺棒、釣責《つりぜめ》用の吊《つ》り縄、海老責《えびぜめ》に使う縄、それに石抱きに使う角材や平石などである。

竜之介は正面に座らず、座敷の前に立つと、拷問蔵に呼んだふたりの責役の者に、

「この男を座らせろ」

と、命じた。重吉は竜之介の脇に控えている。

ふたりの責役は、弥三郎を小砂利の上に座らせた。弥三郎は顔を恐怖にゆがめ、身を顫わせた。

「どうだ、まだ、話す気にならぬか」

竜之介があらためて訊いた。

弥三郎は無言のまま身を顫わせている。

「石を抱かせろ」

竜之介が指示した。

すぐに、責役のふたりが土蔵の脇に置いてあった三角形の角材を運んできた。そして、角を上にして、何本も並べた。すでに、角材は下手人の血を吸って、どす黒く染まっている。

責役のふたりが弥三郎の両腕をとって、角材の上に座らせようとすると、

「や、やめてくれ！」

と、弥三郎が悲鳴のような声を上げた。

「話す気になったか」

竜之介が訊くと、弥三郎は「お、おれは、風魔党じゃァねえ」と、声を震わせて言った。

「やれ」

竜之介が言った。

責役のふたりは、弥三郎を角材を並べた上に強引に正座させた。それだけでも、痛いらしく弥三郎は顔をしかめて身をよじっている。

「弥三郎、夜嵐の駒蔵を知っているな」

竜之介があらためて訊いた。

弥三郎は苦痛に顔をしかめ、首を横に振っただけで何も答えなかった。

「石を積め！」

竜之介が声をかけた。

すると、ふたりの責役は、平石を運んできて、弥三郎の膝の上に置いた。

ギャッ！　と悲鳴を上げ、弥三郎が身を激しくよじった。髷《まげ》が乱れ、ざんばら髪になった。顔が恐怖と激痛でひき攣ったようにゆがみ、脂汗が浮いている。

……すぐ、落ちる。

と、竜之介はみた。弥三郎の顔に、負け犬のような怯《おび》えがあったのだ。

「夜嵐の駒蔵を知っているな」

竜之介は同じことを訊いた。

だが、弥三郎は口をひらかなかった。

「もう一枚、積め」

すぐに、ふたりの責役は平石を運んできて、二枚目を積んだ。弥三郎はふたたび悲鳴を上げ、上半身を振るように激しく動いた。

竜之介が言った。

すると、責役のふたりは青竹を手にし、弥三郎の後ろに立った。

「弥三郎、喋《しゃべ》る気になったか」

竜之介は語気を強くして訊《き》いた。

弥三郎は苦しげな呻《うめ》き声を上げて、身をよじっていたが口をひらかなかった。強情である。

すぐに、責役のふたりが、青竹を振るい、「申し上げな。申し上げな」と声をかけながら、青竹でビシビシと叩《たた》き始めた。叩かれる度に、弥三郎は悲鳴を上げた。

「三枚目だ！」

竜之介がふたりの責役に命じたとき、

「喋る、喋る！」

と、弥三郎が声を上げた。

すぐに、ふたりの責役は青竹を置き、弥三郎の膝の上から平石を取った。そして、ふたりで弥三郎の両腕を取って後ろに連れていき、あらためて土間に敷かれた筵《むしろ》の上に座らせた。

竜之介は、責役が角材を片付けるのを待ってから、

「夜嵐の駒蔵を知っているな」

と、同じことを訊いた。

「へ、へい……」

弥三郎は肩を落として応《こた》えた。

「駒蔵一味は六人だったが、町方に頭目以下四人が捕らえられた。残ったのはふたりだが、もうひとりはだれだ」

竜之介が弥三郎を見すえて訊いた。

「平造で……」

弥三郎が俯《うつむ》いたまま言った。

「やはりそうか。……風魔党に夜嵐の駒蔵たちの手口を教えたのは、おまえと平造か」

「そうで」

弥三郎は、首をすくめたまままちいさくうなずいた。

「風魔党には、おまえの他にも町人がいるな」

「へい」

「名は」

「宗助《そうすけ》で」

弥三郎によると、宗助は左官だったが仕事にはほとんどいかず、こそ泥で食っていたという。弥三郎と賭場《とば》で知り合い、仲間にくわわったそうだ。

「宗助の塒《ねぐら》は」

「深川の入船町《いりふねちょう》でさァ」

弥三郎が、宗助は掘割にかかる汐見橋《しおみばし》のたもと近くにある平兵衛店《へいべえだな》という長屋に住んでいることを話した。

7

「風魔党の頭目は、だれだ」

竜之介が声をあらためて訊いた。

「市蔵《いちぞう》親分でさァ」

「武士ではないな」

竜之介が訊くと、弥三郎がうなずいた。

「市蔵の生業《なりわい》は、何だ」

「若《わけ》えころから、盗人《ぬすっと》だったようで」

弥三郎によると、市蔵は長年独り働きの盗人で、大店《おおだな》に忍び込んで仕事をすることが多かったそうだ。

「市蔵の塒は」

「し、知らねえ」

弥三郎が声をつまらせて言った。

「知らないだと。では、どうやって繋《つな》ぎをとっていたのだ」

「宗助が繋ぎ役でさァ」

弥三郎によると、宗助は長屋で母親とふたりで住んでいたが、数年前に母親が死に、いまは独り暮しだという。

「風魔党には、武士が三人いるな」

竜之介は三人の武士に矛先を変えた。

「へい」

「ひとり、刀で喉《のど》を突いて殺す男がいるはずだ。……そやつの名は」

「矢島半兵衛《やじまはんべえ》でさァ。陰で、『喉突き半兵衛』と呼ぶ者もいやす」

「喉突き半兵衛か」

矢島に相応《ふさわ》しい呼ばれ方である。

「武士のなかの頭格は」

竜之介は、三人の武士のなかに、まとめ役の者がいるはずだと思った。

「伊原《いはら》の旦那《だんな》でさァ」

名は伊原藤八郎《とうはちろう》。御家人の冷や飯食いだが、いまは家を出て借家暮しをしているらしい、と弥三郎が言い添えた。

「その借家は、どこにある」

「知らねえ。あっしらは、住処《すみか》を聞いてねえんでさァ」

「繋ぎ役の宗助なら知っているはずだな」

「へい」

「もうひとりの武士の名は。……総髪で、牢人体《ろうにんてい》の男だ」

竜之介は、寅六から聞いた武士の風体を口にした。

「小塚左衛門《こづかさえもん》様と、聞いてやす」

「牢人か」

「そのようで」

「塒は分かるか」

「分かりやせん。宗助なら知っているはずでさァ」

「やはり、宗助か」

竜之介は、宗助を捕らえれば、残る風魔党一味五人の居所がつかめるのではないかと思った。

それから、竜之介は、風魔党が大店に押し入って奪った金はどうしたのか訊いた。

辰川屋で八百両。大橋屋で千両余。増田屋では、千三百両ほど奪っていた。七人で山分けしたとしても、大金である。

「あっしらは、どの店に入ったときも、百両ずつ分け前をもらいやした」

弥三郎は七人で山分けして残った金は、頭目の市蔵が持っているという。

「あっしらが、高飛びするときに、それを使うことになってるんでさァ」

弥三郎が首をすくめて言った。

「高飛びな」

竜之介は、弥三郎から話を聞き、すぐにも繋ぎ役の宗助を捕らえねばならないと思った。うかうかしていると、高飛びされる恐れがある。

竜之介は、ふたりの責役の男に、

「この男を牢に入れておけ」

と、命じ、すぐに拷問蔵を出た。

陽は頭上にあった。ちょうど昼九ツ（正午）ごろである。平十が船寄まで舟で迎えに来ているかもしれない。

竜之介は横田家の屋敷には入らず、拷問蔵を出た足で表門にむかった。そして、船寄まで行くと、ちょうど平十が船寄に舟を寄せているところだった。

「平十、舟で行くところがある」

竜之介が声をかけた。

「旦那、ともかく乗ってくだせえ」

平十は、舟が船寄から離れないように舫《もや》い杭《くい》を摑《つか》んだ。

竜之介は舟に乗り込み、船底に腰を下ろすと、

「深川の入船町までやってくれ」

すぐに、言った。

「旦那、昼めしは食ったんですかい」

平十は艫《とも》に立って棹《さお》を握った。

「まだだ」

「瀬川屋には寄らねえで、入船町に行くんですかい」

平十は棹を使って、船寄から舟を離しながら訊《き》いた。

「そうだ」

竜之介は、いっときも早く宗助を押さえたかった。宗助さえ押さえれば、風魔党の多くの者の居所が知れるのだ。

「承知しやした」

平十は巧みに棹を使い、掘割をたどって大川へ出た。大川といっても、その辺りは江戸湊《みなと》といっていい。

舟は大川の川上にむかい、佃島の脇を通り過ぎたところで水押《みお》しを右手にむけた。右手前方に、大川にかかる永代橋と深川の陸地が見えた。

舟は深川熊井町《くまいちょう》沿いに東方にむかって進んでから掘割に入った。そこは、蛤町へ行ったとき何度か通った掘割である。

竜之介の乗る舟は、蛤町を左手に見ながら東にむかい、黒船橋につづいて蓬萊橋《ほうらいばし》をくぐり、左手に富ヶ岡八幡宮を見ながらさらに進んだ。そして、材木置場の前を左手にまがると、前方に橋が見えた。その橋が汐見橋である。橋付近の掘割沿いにひろがっている町並が、入船町である。

「舟を着けやすぜ」

平十が声をかけ、汐見橋の近くにある桟橋に水押しをむけた。

8

平十は桟橋に舟をとめると、舫い綱を杭に繋いだ。

竜之介は平十とふたりで掘割沿いの道に出ると、通りすがりの者に平兵衛店の名を出して、宗助の住む長屋を探した。

入船町は、ひろい町ではなかった。平兵衛店の名を出せば、すぐに知れると思った。ところが、土地の者に何人か訊いたが、平兵衛店は分からなかった。

「旦那、橋のむこうかも知れやせんぜ」

平十が言った。汐見橋を渡った先も入船町だった。

「行ってみよう」

竜之介と平十は、汐見橋を渡った。

渡った先の橋のたもとには、そば屋、一膳《いちぜん》めし屋、飲み屋などの飲み食いできる店が目についた。

「旦那、めしを食いやすか」

平十が言った。

「昼めしは、まだだったな」

竜之介も腹が減っていた。

ふたりは、近くにあったそば屋に入ることにした。暖簾《のれん》をくぐると、すぐに小女《こおんな》らしい娘が、「小上がりにしますか。座敷にしますか」と訊いた。竜之介が武士だったので、訊いたらしい。小上がりには、船頭か川並《かわなみ》と思われる男が、五、六人、そばを手繰っていたのだ。

「座敷にしてくれ」

竜之介は、小女に平兵衛店のことを訊いてみようと思った。

座敷といっても、小上がりの奥にある小座敷だった。竜之介は座敷に腰を下ろすと、すぐに酒とそばを頼み、

「この近くに、平兵衛店という長屋はないかな」

と、訊いてみた。

「ありますよ」

「あるか。どこか、教えてくれんか」

竜之介が身を乗り出して訊いた。

「この先に、一膳めし屋があります。その脇の路地を入ってすぐですよ」

「そうか。助かったぞ」

竜之介は相好をくずした。簡単に、平兵衛店が見つかりそうだった。

竜之介はすぐにも平兵衛店に行きたかったが、このまま店を飛び出すわけにはいかなかった。

竜之介と平十は頼んだそばと酒がとどくと、急いで酒を飲み、そばをたぐってから店を出た。

小女に言われたとおり、通りをいっとき東にむかうと、一膳めし屋があった。

「旦那《だんな》、店の脇に路地がありやす」

平十が指差した。

そこは、裏路地だった。店はあまりなく、空き地や笹藪《ささやぶ》などが目についた。小体な仕舞屋《しもたや》や長屋などもありそうだった。

路地に入ってすぐ、竜之介が近所に住む子供連れの女に、「この近くに、平兵衛店という長屋はないか」と訊いてみた。

「あります。この先にある八百屋のむかいです」

女は、丁寧な物言いで教えてくれた。相手が武士だったからだろう。

路地の先に、八百屋が見えた。そのむかいに、長屋らしい建物があった。路地沿いに、路地木戸もある。

「行ってみよう」

竜之介と平十は、長屋にむかった。

路地木戸の脇に立ち、話の聞けそうな者が出てくるのを待ったが、なかなか姿を見せなかった。

「なかに入ってみるか」

竜之介と平十は、路地木戸をくぐった。

突き当たりに、井戸があった。ふたりの年配の女が、井戸端で立ち話をしていた。ふたりの脇に手桶《ておけ》がある。水汲《みずく》みにきて顔を合わせ、話し込んでいるようだ。

竜之介と平十が近付くと、ふたりの女は話をやめ、不安そうな顔をした。いきなり、武士と見知らぬ町人が近付いてきたからだろう。

「すまねえ。ちょいと訊きてえことがある」

平十が、愛想笑いを浮かべて言った。竜之介は身を引いている。この場は、平十にまかせるつもりなのだ。

「この長屋に、宗助ってえ男が住んでるはずなんだが、知ってるかい」

平十が宗助の名を出して訊いた。

「住んでるよ」

年嵩《としかさ》と思われる痩《や》せた女が言った。

「家はどこだい」

「その棟の、とっつきの家だよ」

年嵩の女が、北側の棟を指差して言った。平兵衛店は、棟割り長屋が南北に二棟並んでいた。

「宗助はいるかな」

平十が訊いた。

もうひとりの赤ら顔をした女が言った。

「いないよ」

「いないのか」

「昼前に、慌てた様子で出ていったよ」

赤ら顔の女によると、宗助が小走りに路地木戸から出ていく後ろ姿を見たという。

そのとき、平十の後ろで黙って話を聞いていた竜之介が、

「宗助は独り暮しと聞いているのだがな」

と、念を押すように訊いた。

「そうですよ」

赤ら顔の女が言った。

「すると、家は留守か」

竜之介と平十は、ふたりの女に礼を言い、その場を離れると北側の棟にむかった。念のため、宗助の住む家を覗《のぞ》いてみようと思ったのだ。

ふたりは北側の棟に行き、とっつきの家の脇へ身を寄せた。だれもいないらしく、

何の物音も聞こえなかった。

竜之介は足音を忍ばせて家の前まで行き、腰高障子の破れ目からなかを覗いてみた。家のなかに人影はなく、がらんとしていた。留守らしい。

竜之介は腰高障子をあけた。土間の先が、六畳の座敷になっていた。行灯《あんどん》や火鉢などが、座敷の隅に置かれている。座敷の奥の角に枕屏風《まくらびょうぶ》が置かれ、夜具をかこっていた。座敷は整頓《せいとん》されている。

「宗助は、長屋を出たようだ」

竜之介が言った。その顔に、後悔の色があった。竜之介は、そば屋に寄らずにまっすぐここに来ていれば、宗助を押さえられたと思ったのだ。

第四章　追　跡

1

瀬川屋の離れに、めずらしく風間柳太郎の姿があった。風間が竜之介に会うために顔を見せたのである。

風間はおいそが淹《い》れてくれた茶で喉《のど》を潤した後、

「雲井さま、風魔党の宗助の行方は知れましたか」

と、切り出した。

竜之介は、宗助の塒《ねぐら》だった平兵衛店に出掛けた後、風間と会い、弥三郎を吟味したことや宗助に逃げられたことなどを話しておいたのだ。

「それが、まだだ」

「深川に、宗助や他の仲間もいるような気がするのですが」

「おれもそうみている」

竜之介は、茂平や寅六たちに、平兵衛店と永代寺門前仲町にある借家に目を配るよう指示してあった。平兵衛店には宗助が、門前仲町の借家には平造がもどる可能性があったのだ。

「それがしの手先の猪三郎が、深川の仲町で宗助らしい男を見掛けたようです」

風間は竜之介から門前仲町の借家の話を聞いた後、手先を仲町にむけて探らせていたのだ。

「猪三郎には、ひきつづき仲町の借家に目を配らせてくれ」

竜之介が言った。

「承知しました。それがしも、仲町へ行ってみるつもりです」

どうやら、風間はそのことを竜之介に知らせるために瀬川屋に姿を見せたようだ。

「どうだ。これから、ふたりで仲町に行ってみないか」

まだ、昼前だった。竜之介は平十に舟を出させれば、すぐにも門前仲町にむかえると思った。それに、入船町にも足を延ばせるだろう。

「お供します」

風間が立ち上がった。

竜之介は瀬川屋にいた平十に舟を出すよう頼んでから、風間とふたりで桟橋にむかった。竜之介たちが桟橋に出ていっときすると、平十が慌てた様子で桟橋につづく石段を下りてきた。

平十は舟に乗り、艫《とも》に立つと、

「乗ってくだせえ」

と、竜之介たちに声をかけた。

竜之介と風間が船底に腰を下ろすと、平十は舟を桟橋から離し、水押《みお》しを下流にむけた。竜之介たちの乗る舟は大川をくだり、蛤町につづく掘割に入り、前方に黒船橋が迫ってきたところで舟を船寄に着けた。

「風間、下りるぞ」

竜之介が声をかけ、風間の先にたって舟を下りた。そして、平十が舫《もや》い綱を杭《くい》にかけて船寄に下りるのを待ってから、三人で門前仲町にむかった。そして、弥三郎と平造が住んでいた借家のある路地に入った。

竜之介たちは前方に借家が見えてくると、路傍に足をとめた。借家に近付く前に、様子を探っているはずの茂平たちから話を聞きたかったのだ。

「あっしが、呼んできやす」

平十が足早に借家にむかった。

平十は借家の近くまで行くと、路地の左右に目をやりながら歩き、路地沿いで枝葉を茂らせていた樫《かし》の樹陰にまわった。そこに、茂平たちがいるのかもしれない。

すぐに、平十と茂平が樹陰から姿を見せ、竜之介たちの方へ足早にもどってきた。

竜之介はふたりがそばに来るのを待って、

「家に、だれかいるか」

と、茂平に訊《き》いた。

「平造がいやす」

「いるか。それで、ひとりか」

竜之介が身を乗り出して訊いた。どうやら、この隠れ家は、まだ竜之介たちにつかまれてない、と平造はみているようだ。

「ひとりでさァ」

「仲間は姿を見せていないのだな」

竜之介が念を押すように訊いた。

「へい」

竜之介が口をとじると、そばに立っていた風間が、

「猪三郎は、どこにいる」

と、訊いた。

「あっしが隠れていた樫の陰に」

茂平によると、猪三郎とふたりで借家を見張っていたという。

「引き続き、ふたりで平造を見張ってくれ。風魔党の仲間と思われる者が姿を見せたら跡を尾《つ》けるのだ」

竜之介が、「おれは入船町へ行ってみるつもりだが、風間はどうする」と、訊いた。

「それがしも、お供します」

「舟で行こう」

竜之介たち三人は来た道を引き返し、船寄にとめてあった舟に乗り込んだ。

「次は、入船町ですかい」

艫に立った平十が訊いた。

「そうだ」

竜之介たちの乗る舟は、富ケ岡八幡宮の門の前の掘割を通り、入船町に入った。

そして、以前舟をとめた桟橋にむかった。

桟橋に舟をとめると、三人は汐見橋を渡り、一膳《いちぜん》めし屋の脇の路地に入った。そして、前方に長屋が見えてきたとき、路傍の椿の樹陰から、

「雲井の旦那《だんな》」

と、呼ぶ声がした。おこんだった。

「おこん、ひとりか」

竜之介が訊いた。

「千次さんも、いっしょですよ」

「千次の姿がないな」

椿の樹陰にいるのは、おこんひとりだった。

「いま、長屋に様子を探りに行ってるんです」

おこんは、ふたりより千次ひとりの方が長屋の住人に疑われないので、千次に頼んだという。

「千次が、もどるのを待つか」

竜之介たちも、椿の樹陰にまわった。

2

平十が、椿の陰から身を乗り出して言った。

「千次が、来やした」

見ると、千次が足早にやってくる。竜之介たちは、千次が樹陰にもどるのを待った。

千次は、樹陰で竜之介たちの姿を目にすると、

「旦那たちも、来てたんですかい」

と言って、驚いたような顔をした。

「千次、宗助はいたか」

すぐに、竜之介が訊いた。

「いやせん。ですが、宗助の姿を見たやつがいやした」

「いつ見たのだ」

「昨日です」

「すると、宗助が長屋を出た後だな。宗助を見たのは、長屋の住人か」

竜之介が訊いた。その場にいた者たちの目が、千次に集まっている。

「長屋の英吉《えいきち》ってえ左官が、汐見橋のたもとで宗助の姿を見たと言ってやした」

「そのとき、宗助ひとりだったのか」

「総髪の牢人《ろうにん》ふうの男と、いっしょだったようです」

「そやつ、小塚左衛門だ」

竜之介は、宗助が小塚に何か知らせることがあって会ったのではないかと思った。いずれにしろ、小塚の塒《ねぐら》も深川にあるとみていいようだ。

竜之介は陽が沈みかけているのを目にすると、

「今日の張り込みは、これまでだな」

と、おこんと千次に顔をむけて言った。

竜之介は、おこんと千次のふたりだけで、暗くなってから見張るのは危険だと思ったのだ。それに、これから宗助が長屋に顔を見せるとも思えなかった。

竜之介たちは路地を歩き、入船町の表通りへ出た。そして、汐見橋の方へ歩きだしたとき、路地の角に立って竜之介たちの後ろ姿に目をむけている男がいた。手ぬぐいで頰《ほ》っかむりしているので、顔ははっきりしないが、宗助らしい。

宗助は通り沿いの店の脇や路傍の樹陰などに身を隠し、巧みに竜之介たちの跡を尾けていく。

竜之介たちは、宗助の尾行に気付かなかった。そば屋や一膳めし屋などのつづく通りを経て、汐見橋を渡った。そして、栈橋の舫《もや》い杭《くい》に繋《つな》いであった舟に乗り込んだ。おこんと千次もいっしょである。

宗助は栈橋近くの店の脇に身を隠し、竜之介たちの乗る舟に目をむけていた。

宗助は舟が西にむかうのを見ながら、

……このままにしちゃァおけねえ。

とつぶやき、足早にその場を離れた。むかった先は平兵衛店ではなく、富ヶ岡八幡宮の門前につづく表通りだった。

宗助は、表通りを八幡宮の門前にむかって歩いた。通りの右手には永代寺門前東仲町、左手には永代寺門前町がつづいている。

宗助は通りをいっとき歩いてから、右手にある料理屋の脇の路地に入った。そこは細い路地だが、行き来するひとの姿は多かった。路地沿いに、八百屋、煮《に》染屋《しめや》、豆腐屋など日々の暮しに必要な食べ物を売る店が目についた。棟割り長屋や借家ふうの仕舞屋《しもたや》などもあった。

宗助は路地沿いの仕舞屋の前に足をとめた。借家であろうか。宗助は家の戸口に足をとめ、路地の左右に目をやってから表戸をあけてなかに入った。

竜之介と風間は、入船町に出かけた翌日の昼ごろ、ふたたび平十の舟で深川へむかった。門前仲町の借家と入船町の長屋に行き、張り込みの者から様子を聞き、昨日と状況が変らないようなら平造を捕らえるつもりだった。平造も、仲間の塒をまったく知らないとは思えなかったし、火盗改と知れないように捕らえれば、風魔党一味が江戸から逃走することもないだろう。

竜之介たちは、先に入船町にむかった。入船町の長屋に宗助がいなければ、すぐに門前仲町にむかい、借家にいる平造を捕らえるつもりだった。捕らえたら火盗改と知れないように蛤町の船寄にむかい、舟に乗せて横田屋敷に連れていくのである。

竜之介たちは大川を下り、掘割をたどって入船町の桟橋に舟を着けた。桟橋から表通りに出た竜之介たち三人は、昨日と同じように一膳めし屋の脇の路地に入った。そして、路傍の椿の樹陰にいた千次とおこんと顔を合わせた。

「どうだ、長屋の様子は」

竜之介が訊《き》いた。

「宗助は、長屋に帰ってないようです」

おこんが言った。どうやら、今日はおこんが長屋を見にいったようだ。

「おれたちは、ここから仲町にむかう。借家にいる平造を捕らえるつもりだ。おこんたちは、このまま帰ってくれ。平造から仲間の様子が知れれば、また手を貸してもらうことになる」

「あたしたちも、仲町に行きますよ」

「いや、相手は平造ひとりだ。それに、仲町の見張りに、男がふたりいる」

竜之介が、茂平と猪三郎の名を口にした。

平造ひとりを、竜之介、風間、平十、茂平、猪三郎の五人で捕らえることになる。

「あたしらの出る幕はないわけですか」

おこんはそう言うと、千次に顔をむけ、

「千次さん、ふたりで八幡さまにお参りでもして帰ろうか」

と、妙に色っぽい声で言った。

千次は照れたような顔をして、すこし足を速めた。

竜之介と風間は平十の舟で掘割を蛤町にむかい、黒船橋を過ぎたところで、船寄に舟をつけた。

竜之介と風間が先に舟を下り、平十が舟を舫い杭に繋ぐのを待って、三人で平造の住む借家にむかった。

竜之介たち三人は借家のある路地に入り、いっとき歩いてから路地沿いの樫《かし》の樹陰にまわった。

そこに、茂平と猪三郎の姿があった。樹陰から借家を見張っていたのである。

「平造はいるか」

すぐに、竜之介が訊いた。

「いやす」

猪三郎が言った。茂平が、後ろでうなずいている。

「よし、平造を捕らえよう」

竜之介は、平造を生け捕りにすることをその場にいた男たちに話した。

3

竜之介、茂平、平十の三人が先に立った。すこし間を置いて、風間と猪三郎がつづいた。竜之介たちは借家の前まで来ると、平十と猪三郎は裏手にまわった。念のため、背戸《せど》をかためるのである。

戸口の板戸は、しまっていた。ただ、脇がすこしあいたままになっているので、戸締まりはしてないようだ。

茂平が板戸に身を寄せて、聞き耳をたてていたが、

「平造はいやす。戸口に近い座敷に、いるようで」

と、小声で言った。

さすが、蜘蛛《くも》の茂平と呼ばれた男である。かすかな物音で、だれがどこにいるか聞き取ったようだ。

「戸をあけろ」

竜之介が声を殺して言った。

すぐに、茂平が板戸に手をかけた。戸の両端を持って浮かすようにしてあけ、ほとんど音をたてなかった。

茂平につづき、竜之介と風間が踏み込んだ。土間の先が座敷になっていた。その座敷のなかほどに平造がいた。胡座《あぐら》をかいて、貧乏徳利《どっくり》の酒を湯飲みで飲んでいる。

「てめえたちは！」

叫びざま、平造は手にした湯飲みを竜之介にむかって投げた。

竜之介は湯飲みをかわし、座敷に上がると抜刀した。そして、スッと平造に身を寄せた。俊敏な動きである。

平造は立ち上がり、反転して裏手に逃げようとした。

「逃がさぬ！」

竜之介が手にした刀を横に一閃《いっせん》させた。一瞬の払い胴である。

竜之介の峰打ちが、平造の脇腹をとらえた。

ギャッ！　と悲鳴を上げ、平造は脇腹を手で押さえてよろめいた。それでも、反転して逃げようとするところに、風間が立ちふさがり、

「逃げると、斬るぞ！」

と言って、切っ先を平造の鼻先に突き付けた。

平造は、その場にへたり込んだ。顔が恐怖でひき攣《つ》っている。

そのとき、裏手にまわった平十と猪三郎が入ってきた。そして、へたり込んでいる平造を後ろ手にとって縛り上げた。

「猿轡《さるぐつわ》もかましてくれ」

竜之介が平十たちに言った。

すぐに、平十が手拭《てぬぐ》いを取り出し、平造に猿轡をかました。

「この男、どうしますか」

風間が竜之介に訊いた。

「横田さまの屋敷へ連れていく」

竜之介は、平造から他の仲間の隠れ家を聞き出したかった。残る五人の仲間の隠れ家をすべて知っているとは思わなかったが、ひとりでも聞き出せば、そこから他の仲間のことも知れるだろう。

竜之介たちは、座敷にあった半纏《はんてん》を平造の頭からかぶせ、顔と猿轡を隠した。そして、後ろ手に縛った平造の背後から風間が歩くことにした。風間は黒羽織に小袖《こそで》を着流していた。八丁堀の同心に見えるだろう。そうやって歩けば、連行される平造を見ていた者がいても、八丁堀の同心に捕らえられたと思うだろう。できれば、町方とも思われたくなかったが、ここまで来れば隠しようがない。

竜之介たちは、蛤町の路地を経て掘割沿いの通りに出た。そして、舟を繋《つな》いである船寄に足をむけた。

そのときだった。掘割沿いに植えられた柳の樹陰から、ふたりの武士と町人体の男がひとり飛び出した。

ふたりの武士は、小袖にたっつけ袴《ばかま》で大小を帯びていた。網代笠《あじろがさ》で顔を隠している。町人体の男は、手拭いで頰《ほ》っかむりしていた。

竜之介たちは足をとめた。

「待ち伏せか！」

竜之介が声を上げた。

ふたりの武士と町人体の男は、足早に竜之介たちに近付いてきた。

「旦那《だんな》、後ろからも！」

平十が叫んだ。

見ると、ふたりの男が近付いてくる。ひとりは総髪らしく顔の脇に垂れた髪が見えた。大刀を一本だけ落とし差しにしている。牢人《ろうにん》体である。もうひとりは町人体で、大柄な男だった。手拭いで頰っかむりしている。

「風魔党だ！」

竜之介が声高に言った。風魔党の五人が、この場で竜之介たちを待ち伏せしていたらしい。

……このままでは、殺《や》られる！

と、竜之介はみた。

味方は五人。敵も五人だった。だが、敵は武士が三人いる。しかも、いずれも腕がたつとみなければならない。

「岸際に寄れ！」

竜之介が叫んだ。前後から挟み撃ちにされたら、皆殺しになる。

竜之介たちは、掘割の岸際に素早く身を寄せた。捕らえた平造の縄を持っていた猪三郎は、縄を離さなかったが、竜之介が、「縄を離せ」と声をかけた。縄を持ったままでは闘えない。

猪三郎は、持っていた縄を離した。すると、平造はよろめくような足取りで仲間の方へ逃げた。

大柄な町人体の男が、平造の前に立ちふさがり、

「おれが、あの世へ送ってやる」

言いざま、手にした脇差を平造の胸に突き刺した。

一瞬、平造は目を剝《む》き、硬直したようにその場につっ立った。胸から噴出した血が辺りに飛び散り、平造は猿轡をかまされた口から低い呻《うめ》き声を洩《も》らした。

平造はよろめき、腰から崩れるように倒れた。横臥《おうが》した平造は、身をよじるように動かしていた。胸からの出血が地面に落ち、赤い布をひろげるように染めていく。

……惨《むご》いやつらだ！

竜之介が、胸の内で叫んだ。

捕らえられたとはいえ、平造は仲間のひとりである。その平造を助けるのではなく、始末したのだ。

4

「おぬしの相手は、おれだ」

中背の武士が、竜之介の前に立った。

竜之介は前に立った武士の身辺に異様な殺気がただよっているのを感じとった。

それに、遣い手らしく、首や腕が太く、腰が据わっていた。

竜之介は、武士がただ者ではないと察知し、

「おぬしが、喉《のど》突き半兵衛か」

と、訊《き》いた。

「立ち合ってみれば、分かる」

武士は抜刀し、切っ先を竜之介にむけた。

「やるしかないようだな」

竜之介も抜いた。

武士は青眼に構えた。その剣尖《けんせん》が、ピタリと竜之介の喉につけられている。

……喉突き半兵衛だ！

竜之介は、武士の構えを見て矢島半兵衛と確信した。

武士の剣尖が、竜之介の喉につけられているだけではなかった。剣尖には、そのまま喉に迫ってくるような威圧感があった。

竜之介も相《あい》青眼に構えた。

ふたりの間合は、およそ三間だった。まだ、一足一刀の斬撃《ざんげき》の間境《まざかい》の外である。

「できるな」

矢島が、くぐもった声で言った。矢島も竜之介の隙のない構えを見て、遣い手と察知したようだ。

ふたりは対峙《たいじ》したまま動かなかった。全身に気勢を込め、斬撃の気配をみせて気《き》魄《はく》で敵を攻めている。

このとき、風間は牢人体の武士と相対していた。名は小塚左衛門である。風間は、小塚の名を知らなかった。ただ、風魔党のひとりであることは分かっていた。

ふたりの間合は、二間半ほどだった。立ち合いの間合としては近いが、まだ斬撃の間境の外である。

風間は八相に構えていた。腰の据わった隙のない構えである。風間は竜之介ほどではないが、剣の遣い手であった。

小塚は青眼に構えていた。剣尖を八相に構えた風間の左拳《こぶし》につけている。八相や上段に対応する構えだ。

小塚も、なかなかの遣い手らしい。構えに隙がなく、八相に対する間合の取り方も絶妙だった。

ふたりは全身に斬撃の気配を見せて敵を攻めていたが、なかなか動かなかった。いや、動けなかったのである。ふたりとも迂闊《うかつ》に仕掛けると、敵の斬撃をあびると感じていたのだ。

いっとき、ふたりは気魄で攻め合っていたが、先《せん》をとったのは小塚だった。

「行くぞ！」

と小塚が声をかけ、足裏を擂《す》るようにして間合を狭め始めた。

対する風間は、動かなかった。八相に構えたまま、小塚の斬撃の起こりと間合を読んでいる。

ふいに、小塚が寄り身をとめた。斬撃の間境まで、あと一歩である。小塚はこのまま斬撃の間境を越えれば、敵の斬撃を浴びると感知したらしい。

イヤアッ！

突如、小塚が裂帛《れっぱく》の気合を発した。気合で、風間の気を乱そうとしたのだ。だが、気合を発したことで小塚自身の気が乱れ、構えがくずれた。

次の瞬間、風間と小塚の全身に斬撃の気がはしった。

タアッ！

トオッ！

ほぼ同時に、ふたりが鋭い気合を発し、体を躍らせた。

小塚が青眼から袈裟《けさ》へ。

風間は八相から袈裟へ。

袈裟と袈裟——。二筋の閃光《せんこう》がはしり、ふたりの正面で合致した。甲高い金属音がひびき、青火が散って、ふたりの刀身が眼前でとまった。

ふたりは身を寄せ、刀身を立てたまま正面で向き合った。鍔迫《つばぜ》り合《あ》いである。

だが、ふたりが動きをとめて刀を押し合ったのは、ほんの数瞬だった。ほぼ同時に、ふたりは強く刀身を押して、後ろに跳んだ。その一瞬、風間は後ろに跳びざま小塚の右手に斬り込んでいた。

ザクリ、と小塚の右の前腕が裂け、血が流れ出た。だが、皮肉を斬り裂かれただけで、それほどの深手ではなかった。

ふたりは、ふたたび八相と青眼に構え合った。

「勝負、あったぞ！」

風間が声を上げた。

「まだだ！」

小塚が顔をしかめて叫んだ。


茂平は匕首を手にし、長身の武士とむかい合っていた。武士は、伊原藤八郎だった。茂平は武士の名を知らない。

「おまえも、ただの鼠ではないな」

伊原は、切っ先を茂平にむけて言った。

「てめえ、二本差しのくせに盗人《ぬすっと》かい」

茂平は背を丸め、匕首を握った拳を顎《あご》の下にとった。野獣が、獲物に飛び掛かる寸前のような身構えである。

「さァ、斬りかかってこい」

伊原が挑発するように言った。

「てめえの首を掻《か》き切ってやるぜ」

茂平はそう言ったが、踏み込まなかった。迂闊に近付けば、武士に斬られると分かっていたからだ。


猪三郎と平十は、掘割の岸際にいた。ふたりは十手を手にしていた。平十はこんなときのために、竜之介から十手を渡されていたのである。

ふたりの前に、大柄な男と宗助が立っていた。大柄な男は、風魔党の頭目の市蔵である。市蔵は、脇差《わきざし》を手にしていた。

「てめえたちは、八丁堀の手先か」

市蔵が、平十と猪三郎が手にした十手を見て言った。風間の身装《みなり》から、八丁堀の者が平造を捕らえたとみたのであろう。

「そうよ。てめえらは、風魔党だな」

平十が言った。平十たちは、敵と出会うようなことがあったら、町方と思わせることにしていたのだ。

「どうかな」

市蔵は、口元に薄笑いを浮かべたが、平十たちにむけられた目は笑っていなかった。狼を思わせるような目である。

その市蔵の脇にいる宗助は、匕首《あいくち》を手にしていた。そして、平十の前にまわり込んできた。匕首を胸の前に構え、上体をすこし前に倒していた。いまにも、飛び掛かってきそうである。

5

竜之介は矢島と対峙したまま動かなかった。

ふたりは、三間ほどの間合をとったまま全身に気勢をこめ、いまにも斬り込んでいきそうな気配を見せていた。

矢島が先にしかけた。青眼に構え、剣尖を竜之介の喉元《のどもと》につけたまま趾《あしゆび》を這《は》うように動かし、ジリジリと間合を狭め始めた。矢島は気合も発せず、牽制《けんせい》もせず、すこしずつ迫ってくる。

このとき、竜之介は矢島の切っ先だけが、眼前に迫ってくるような威圧を感じた。

……このまま間合に入ったら、喉を突かれる！

と竜之介は感じ、矢島の寄り身に合わせて身を引いた。だが、すぐに竜之介の足がとまった。背後に、掘割の岸が迫っていたのだ。

矢島は、剣尖を竜之介の喉元につけたまま迫ってくる。

竜之介は槍《やり》の穂先が、まっすぐ喉に伸びてくるような強い威圧を感じたが、身を引くことはできない。

矢島が、斬撃の間境まで半間ほどの間合に迫った。対する竜之介は、対峙《たいじ》したまま動きをとめていた。

矢島の全身に、斬撃の気が高まってきた。

竜之介は気を鎮め、矢島の気の動きを読んでいた。矢島が突きを放つ一瞬の出合頭をとらえて、右手を斬るつもりだった。

しだいに、矢島が斬撃の間境に迫ってきた。

……あと、一歩！

竜之介は、矢島が一歩踏み込めば、斬撃の間合に入る、と読んだ。その一瞬、矢島の全身に斬撃の気がはしった。

矢島の切っ先が、槍の穂先のように竜之介の喉元にむかって伸びた瞬間、竜之介は体を右手に倒すようにして刀を横に払った。一瞬の反応である。

次の瞬間、矢島の切っ先は竜之介の左肩先を突き刺し、竜之介の横に払った切っ先は矢島の脇腹を浅くとらえていた。

一合した後、矢島は後ろに大きく跳び、竜之介は体勢をたてなおして、ふたたび青眼に構えた。

竜之介の左袖《そで》が裂け、肩先がかすかに血に染まっていた。一方、矢島の脇腹にもかすかに血の色があった。ふたりとも浅手だった。皮肉を浅く裂かれただけである。

「互角か！」

矢島が竜之介を見据えて言った。血を見たせいもあるのか、矢島の両眼が炯々《けいけい》とひかっている。

「そうかな」

竜之介が言った。たしかに、いまの一戦は互角といっていい。だが、竜之介は矢島の喉突きをまともに浴びなかった。躱《かわ》しきれなかったが、その太刀筋を見ている。次は躱せるかもしれない。

竜之介と矢島は、相青眼に構えて対峙した。

そのときだった。ギャッ！　という絶叫が、ひびいた。小塚が血に染まってよろめいている。風間の斬撃《ざんげき》をあびたらしい。

これを目の端でとらえた伊原が、すばやく身を引き、

「引け！　引け！」

と、声を上げた。ひとり、味方の武士が減ったことで、形勢が大きくかたむくとみたのだろう。

伊原につづいて、矢島と市蔵、そして宗助も逃げ出した。

「待ちゃァがれ！」

平十が追おうとすると、

「追うな」

竜之介がとめた。

逃げた伊原と矢島は、遣い手だった。下手に追うと、返り討ちにあう。

竜之介はその場に残った風間、茂平、猪三郎、平十の四人に目をやった。茂平の左の二の腕に血の色があった。長身の武士に斬られたらしい。

竜之介は、茂平に近寄り、

「腕を斬られたのか」

と、訊《き》いた。茂平の二の腕からは、まだ出血していた。血が赤い筋を引いて流れ

落ちている。

「平十、手拭《てぬぐ》いをよこせ」

竜之介が声をかけた。

平十はすぐに懐から手拭いを取り出し、

「あっしも、手伝いやすぜ」

と言って、茂平の腕を手拭いで縛るのを手伝った。

「血がとまれば、大事あるまい」

竜之介がほっとした顔をした。

「雲井さま、この男はまだ生きています」

風間が竜之介を呼んだ。風間は、まだ小塚の名を知らなかったのだ。風間の足元に横たわっている小塚は、まだ呻《うめ》き声を洩《も》らしていた。

竜之介は、すぐに風間のそばに行った。平十や茂平たちも、竜之介の後から小塚のまわりに集まった。

小塚は、地面にへたり込んでいた。肩から胸にかけて袈裟《けさ》に斬られ、小袖《こそで》がどっぷりと血を吸って蘇芳色《すおういろ》に染まっていた。小塚は苦しげに顔をしかめている。

「おぬしは、小塚左衛門だな」

竜之介は、弥三郎から聞いていた牢人《ろうにん》の名を口にした。

小塚は驚いたような顔をして竜之介を見たが、

「こ、小塚左衛門だ」

と、名乗った。

「風魔党のひとりか」

「……………」

小塚は無言だった。死期が迫っても、盗賊であることを隠しておきたいらしい。

「背の高い武士が、伊原藤八郎だな」

竜之介が念を押すように訊いた。伊原の名も、弥三郎から聞いていたのだ。

「そ、そうだ」

小塚が、声をつまらせて言った。

「伊原は、どこに住んでいる」

竜之介が知りたいのは、逃げた伊原たちの隠れ家だった。

「し、知らぬ」

「仲間の居所も知らないのか」

「繋《つな》ぎ役がいる」

「宗助か」

「そ、そうだ……」

小塚の喘《あえ》ぎ声が、激しくなってきた。体も顫《ふる》えている。

「頭目の市蔵の居所なら知っているだろう」

すぐに、竜之介が訊いた。小塚の命は長くないとみたのである。

「か、頭にも、宗助がつないでいた」

小塚の体が揺れてきた。顔が土気色を帯びている。

竜之介が、さらに訊こうとしたとき、小塚が、グッと喉のつまったような呻き声を上げ、上体を反らせた。次の瞬間、小塚の体がぐったりとなり、くずれるように横に倒れた。

「死んだか……」

竜之介が言った。

竜之介たちは、平造と小塚の死体を掘割際の柳の樹陰に運び、舟を繋いである船寄にむかった。

6

瀬川屋の離れに、五人の男が集まっていた。竜之介、風間、平十、寅六、それに風間の手先の猪三郎である。茂平、おこん、千次の三人の姿はなかった。三人は、朝から深川に出掛けていた。富ヶ岡八幡宮の門前付近で、逃げた風魔党の伊原たちの行方をつかむためである。

茂平は伊原たちの顔を知っていたので、おこんたちといっしょに行くことになったのだ。おこんは人出の多いところで掏摸《すり》をしていたことがあったので、人込みのなかで狙った男を探すのが得意である。

足の速い千次は、繋ぎ役だった。

瀬川屋に集まった竜之介たち五人は、平十の舟で入船町へ行くことになっていた。宗助が住んでいた平兵衛店付近を探るとともに、入船町から深川の八幡宮へつづく道筋で、逃げた伊原たちのことを聞き込んでみるつもりだった。

竜之介たちは、おいそが淹《い》れてくれた茶を飲みながら打ち合わせをした後、瀬川屋の桟橋にむかった。

平十が先に舟に乗って艫《とも》に立った。そして、竜之介たちが船底に腰を下ろすのを待って、

「舟を出しやすぜ」

と声をかけ、船縁《ふなべり》を桟橋から離した。

竜之介たちの乗る舟は大川を下り、深川の掘割をたどって汐見橋の近くにある桟橋に着いた。

「下りてくだせえ」

平十が声をかけた。

竜之介たちは桟橋から下りると、掘割沿いの道を通って汐見橋のたもとに出た。

「ここで、二手に分かれよう」

竜之介が四人に声をかけた。

竜之介、平十、寅六の三人が、宗助の居所を掴《つか》むために平兵衛店付近で聞き込みにあたり、風間と猪三郎が、八幡宮へつづく道筋で逃げた伊原たちのことを探ることになっていたのだ。

「暮れ六ツ（午後六時）の鐘が鳴る前に、この場にもどってくれ」

竜之介が風間に言った。

陽は、まだ高かった。暮れ六ツまで二刻《とき》（四時間）ほどあるだろう。聞き込みの時間は十分ある。

竜之介、平十、寅六の三人は、風間たちと分かれると、まず平兵衛店にむかった。そして、一膳《いちぜん》めし屋の脇の路地に入り、前方に平兵衛店が見えてきたところで足をとめた。

「さて、どうするかな」

竜之介が言った。迂闊《うかつ》に長屋に踏み込んで、宗助のことを訊くわけにはいかなかった。聞き込みに来たことが宗助に知れると、長屋に近付かなくなるだろう。

「あっしと寅六とで、宗助が長屋にいるか訊いてきやしょう」

平十が言った。

「探っていると、知れないようにな」

「へい」

平十と寅六は、長屋にむかった。

後に残った竜之介は、路傍の樹陰で平十たちがもどるのを待つことにした。

平十たちがその場を離れてしばらくすると、長屋から出てくるふたりの姿が見えた。ふたりは、足早にもどってくる。

竜之介はふたりが樹陰にまわってから、

「宗助は、いたか」

と、訊《き》いた。

「長屋にはいねえが、昨日、長屋で宗助の姿を見掛けたやつがいやした」

平十が口早に言った。

「宗助は、ときどき長屋にもどっているのかもしれん」

宗助は様子をみて、これまでと同じように長屋で暮すつもりかもしれない、と竜之介は踏んだ。

「どうしやす」

平十が訊いた。

「せっかく来たのだ。もうすこし聞き込んでみるか」

長屋で聞き込むと、宗助の耳に入り、長屋に立ち寄らなくなる、と竜之介はみた。それで、長屋ではなく近所の住人に訊いてみることにした。

竜之介たちは、通行人を装って路地を歩いた。平兵衛店の路地木戸の前を通り過ぎて、一町ほど歩いたところに小体な八百屋があった。店先で親爺《おやじ》らしい男が、長屋の女房らしい女と立ち話をしていた。女は青菜を手にしている。買いにきて、店の親爺と立ち話を始めたようだ。

竜之介は、女が店先から離れるのを待って近付き、

「店の者か」

と、親爺に訊いた。

「へ、へい」

親爺は首をすくめるように頭を下げた。戸惑うような顔をしている。いきなり、武士に声をかけられたからだろう。

「ちと、訊きたいことがあるのだがな。この先に、平兵衛店という長屋があるな」

「ありやす」

「長屋に、宗助という男が住んでいるはずだが、知っているか。宗助は若いころ、おれの屋敷で下働きをしていたことがあるのだ」

竜之介は、親爺に火盗改であることを知られないように作り話を口にした。

「宗助なら知ってやす」

男の顔から不安そうな表情が消えた。たいした話ではないと思ったようだ。

「宗助は、ちかごろ長屋にいないようだが、どこにいるか知っているか」

竜之介が訊いた。

「知りやせん」

「最近、宗助を見たことがあるか」

「一昨日《おととい》、見やしたよ」

「どこで、見た」

竜之介は身を乗り出した。

「汐見橋のそばでさァ」

「ひとりか」

「お侍とふたりで、歩いていやした」

「その侍は、背が高くなかったか」

竜之介は、伊原を念頭に置いて訊いたのだ。

「へい、背の高《たけ》えお侍で」

「そうか」

宗助は伊原といっしょにいたらしい。

「ふたりは、どこへ行こうとしていたか、分かるか」

さらに、竜之介が訊いた。

「行き先は分からねえが、八幡様の方へ歩いていきやした」

「八幡宮か」

ふたりは、他の仲間のところへ行く途中だったのかもしれない。

竜之介は、念のためふたりの身装《みなり》や持ち物も訊いてみたが、行き先を突き止める手掛かりになるような話は聞けなかった。

「手間をとらせたな」

そう言い置いて、竜之介は八百屋の店先から離れた。

それから、竜之介たちはさらに路地を歩き、話の聞けそうな店に立ちよって、宗助のことを訊いてみたが、新たなことは分からなかった。

7

竜之介たちが汐見橋のたもとにもどると、風間たちが待っていた。すでに、陽は西の家並のむこうにまわっていた。いっときすれば、暮れ六ツの鐘が鳴るだろう。

「舟で、話すか」

竜之介が言った。橋のたもとは、まだ人影が多かった。この場で立ち話をしていると人目を引く。

竜之介たちは、桟橋にとめてある舟に乗り込んだ。

平十が艫《とも》に立ち、舟が掘割を進み出すと、

「おれたちから話す」

と、竜之介が言って、宗助がときおり平兵衛店にもどっていることや伊原と歩いていたことなどを話した。

竜之介の話が終わるとすぐ、

「その伊原ですが、居所が知れました」

風間が、身を乗り出して言った。

「知れたか！」

竜之介の声が大きくなった。

「はい、東仲町にある借家です」

永代寺門前東仲町は入船町の近くで、富ケ岡八幡宮の門前から東にむかう通り沿いにひろがっていた。

「そうか。宗助が伊原といっしょに歩いていたのは、伊原の隠れ家にむかう途中だったのだな」

竜之介はさらに、「それで、伊原は隠れ家にいたのか」と風間に訊いた。

「留守でした」

風間によると、借家は留守だったという。近所の住人から話を聞いて、そこに伊原が住んでいることが知れたという。

「いずれにしろ、東仲町の借家と入船町の長屋に目を配れば、風魔党の者たちの隠れ家がつかめそうだな」

竜之介は総力をあげて、宗助と伊原を捕らえようと思った。


翌日の昼過ぎ、竜之介は瀬川屋の離れに風間と密偵《てさき》たちを集めた。平十と寅六に話して、おこんや茂平にも知らせたのである。

竜之介は、入船町と東仲町を探った経緯をかいつまんで話してから、

「今日から二手に分かれ、宗助と伊原を捕らえるつもりだ。ただ、宗助は長屋を見張り、姿を見せるのを待って捕らえるしかない」

そう言うと、その場に集まった者たちは顔をひきしめてうなずいた。

「できれば、火盗改と知れないようにやってくれ。残った者たちが、江戸から姿を消す恐れがあるからな」

すでに、伊原や頭目の市蔵は、竜之介たちのことを火盗改と気付いているかもし

れない。ただ、風魔党を率いている市蔵も伊原も隠れ家にとどまっているようなので、すぐに江戸から逃げることはないだろう。

「また、喧嘩《けんか》でも、ふっかけやすか」

平十が言った。

「そのときの状況で、やってくれ」

竜之介はそう言い、その場に集まった男たちを二手に分けた。

竜之介、風間、平十、猪三郎の四人が、永代寺門前東仲町の借家にむかい、茂平、寅六、千次、おこんの四人が、入船町の平兵衛店にむかうことになった。

竜之介と風間が東仲町にむかうのは、相手が剣の遣い手の伊原だからだ。それに、伊原ひとりとは限らない。いっしょに矢島でもいれば、剣を遣うのが風間ひとりでは、返り討ちに遭う恐れがある。

平兵衛店の方は、宗助がいるかどうかも分からなかったし、いても宗助ひとりなら茂平たちで捕らえることができるはずだ。

竜之介たちは、これまでと同じように瀬川屋の桟橋から平十の舟で深川にむかった。そして、入船町の桟橋で舟から下りた。

竜之介たちはその場から東仲町にむかい、茂平たちは入船町の平兵衛店にむかった。

永代寺門前東仲町は、富ケ岡八幡宮の門前につづく表通りの北側にひろがっていた。南側は、永代寺門前町である。

表通りをいっとき歩くと、

「こっちです」

と風間が言って、北側の路地に入った。

そこは八百屋や煮染屋《にしめや》などの小体な店や長屋、仕舞屋《しもたや》などがつづく路地で、行き交う人は土地の住人らしい者が多かった。路地沿いに武家屋敷はなく、武士はほとんど見掛けなかった。

竜之介たち四人は、路地に入るとばらばらになった。まとまって歩くと、人目を引くからだ。先にたったのは、風間だった。

路地に入って二町ほど歩いたろうか。先頭を歩く風間が路傍に足をとめ、借家らしい仕舞屋の脇に身を隠した。

竜之介たちは、風間のそばに身を寄せた。

「伊原の家は、手前にある借家です」

風間が、斜《はす》向かいにある仕舞屋を指差して言った。

路地沿いに、古い仕舞屋があった。借家らしく、同じ造りの家が三棟並んでいた。伊原は手前の家に住んでいるらしい。

その場からでも、伊原の家の表戸がしまっているのが見えた。

「伊原はいるかな」

竜之介が言った。

「あっしが、様子をみてきやす」

そう言い残し、猪三郎がその場を離れた。

猪三郎は通行人を装って借家に近付き、戸口の前ですこし身を寄せて歩調を緩めたが、そのまま通り過ぎた。そして、半町ほど歩いてから踵《きびす》を返し、竜之介たちのいる場にもどってきた。

「どうだ、伊原はいたか」

風間が訊《き》いた。

「留守のようでした」

猪三郎によると、家のなかから物音も人声も聞こえず、ひとのいる気配はなかったという。

「しばらく、様子をみるしかないな」

竜之介たちは路地沿いの物陰に身を隠し、伊原がもどるのを待つことにした。

だが、伊原はなかなか姿を見せなかった。陽が西の空にまわったころ、竜之介たちはふたたび仕舞屋の脇に集まった。

「今日は、借家にもどらないようだが、せっかく、ここまで来たのだ。近所で、伊原や他の仲間のことを聞き込んでみよう。ただ、おれたちがここで伊原のことを探ったことが知れるとまずい。すこし、離れたところで話を訊いてみてくれ」

竜之介が、男たちに指示した。

それから、竜之介たちは陽が家並の向こうに沈むまで聞き込んだが、たいしたことは知れなかった。

聞き込みで分かったことは、伊原が借家に独りで住んでいて、ときおり中背の武士が訪ねてくることぐらいだった。中背の武士は、矢島半兵衛であろう。

「今日のところは、引き上げよう」

竜之介が、男たちに声をかけた。

第五章　拷問

1

「宗助は、長屋にいるな」

竜之介が念を押すように訊いた。

「いるはずでさァ」

寅六が言った。

竜之介、寅六、平十、茂平の四人は、平兵衛店の近くの樹陰に身を隠していた。

昨日、平兵衛店に探りにいっていた寅六から竜之介に、宗助が長屋に帰ってきた、との知らせがあったのだ。

竜之介は、伊原の住む借家の見張りを風間たちにまかせ、今日は宗助を捕らえるために、入船町に来ていたのだ。

「あっしが、様子をみてきやす」

平十が樹陰から出ようとすると、

「宗助に気付かれるな」

竜之介が念を押すように言った。

「へまはしませんや」

と平十は言い残し、ひとりで平兵衛店にむかった。

竜之介たちは、樹陰で平十がもどるのを待った。平十はなかなかもどらなかった。

茂平が、

「おれが、様子を見てきやす」

と言って、樹陰から出ようとしたとき、長屋の路地木戸から平十が姿をあらわし、
慌てた様子で小走りにもどってきた。

平十は竜之介たちのいる樹陰にもどるとすぐ、

「そ、宗助は、長屋を出やす」

と、声をつまらせて言った。

「出てくるのか」

竜之介が訊《き》いた。

「へい」

平十が口早にしゃべったことによると、平十は宗助の住む家の脇まで行って様子をうかがったという。

平十は家のなかで物音が聞こえたので、腰高障子の破れ目からなかを覗《のぞ》くと、宗助が風呂敷《ふろしき》に衣類を包んで出掛ける支度をしていたそうだ。

「長屋を出て、住家を変えるつもりだな」

竜之介が言った。

「そのようで」

「よし、手筈《てはず》どおりだ」

竜之介が男たちに声をかけた。

「来たぞ！」

長屋の路地木戸に目をやっていた茂平が言った。

見ると、宗助が風呂敷包みを背負ってこちらに歩いてくる。

茂平が手早く手拭《てぬぐ》いで頬《ほ》っかむりし、

「行くぜ」

と言って、先に樹陰から出た。

つづいて、寅六と平十も手拭いで頰っかむりして顔を隠し、路地に出た。竜之介は、樹陰に残っていた。この場は茂平たち三人にまかせ、手筈どおりにいかないようなら助太刀にくわわるつもりだった。

路地には、ちらほら人の姿があった。土地の住人が多いようだ。茂平たちは通行人にはかまわず、足早に宗助に近付いていく。

宗助は前から来る茂平たちを目にしたはずだが、歩調も変えずにこちらに歩いてくる。茂平たちがすこし離れて歩いていたので、通行人と思ったようだ。

先にたった茂平は、歩調を変えずに宗助に近付いていく。

茂平は宗助が目の前に迫ると、急に宗助に身を寄せて肩で突き当たった。その拍子に、宗助は後ろによろめいた。

「てめえ！　何しゃがる」

叫んだのは、茂平だった。

一瞬、宗助はたじろいだが、目をつり上げ、

「てめえが、肩で突き当たったんじゃァねえか！」

叫びざま、懐に手をつっ込んだ。吞《の》んでいる匕首《あいくち》を取り出そうとしたらしい。

だが、茂平の方が速かった。すばやい動きで踏み込み、宗助の右腕をつかんだ。強力である。

そこへ、寅六と平十が走り寄り、

「兄い、助太刀するぜ！」

と、寅六が声を上げた。

平十が宗助の左腕をとり、寅六は右手にまわって宗助の肩を押さえた。

「この野郎が、おれに喧嘩《けんか》をふっかけやがったのよ」

茂平が、通りかかった者たちに聞こえるように怒鳴った。通りすがりのならず者の喧嘩にみせるためである。

「こっちへこい。すこし、痛い目にあわせてやる」

寅六が声を上げ、三人で宗助を取り囲み、路地を表通りの方へむかった。

樹陰で見ていた竜之介は、

……おれの出番はないようだ。

と、つぶやき、まったくかかわりのないような顔をして茂平たちの後につづいた。

茂平たちは宗助を表通り近くまで連れていくと、猿轡《さるぐつわ》をかませ、手拭いで頬っかむりして顔を隠した。宗助の口を塞《ふさ》ぐとともに、通行人が見てもだれか分からないようにしたのだ。

竜之介たちは、桟橋まで宗助を連れていって舟に乗せた。艫《とも》に立った平十が、掘割を大川の方へ舟を進めながら、

「旦那《だんな》、行き先は築地ですかい」

と、訊いた。

「そうだ。横田さまのお屋敷まで頼む」

竜之介は、宗助を捕らえたら横田の屋敷に連れていき、訊問《じんもん》を横田に任せようと思っていた。竜之介の胸の内には、事件の全容とこれまでの探索の様子を横田に知らせなければならないとの思いがあったのだ。それに、ここまで来れば片柳とともに火盗改の捕方の手で、残る風魔党を捕らえたい。

舟は掘割から大川へ出ると、水押《みお》しを対岸の八丁堀の方へむけた。そして、佃島の脇を通り、明石橋をくぐって西本願寺の裏手につづく掘割に入った。

舟は掘割をたどり、西本願寺の裏手の船寄に着いた。横田屋敷の近くである。

茂平と寅六は舟に残ると言って、船寄から下りなかった。やはり、火盗改の屋敷に行くのは気が引けるらしい。

竜之介は平十とふたりで、捕らえた宗助を横田屋敷に連れていった。

平十もいっしょに来るのは門前までで、屋敷内には入ろうとしなかった。竜之介はその場で、平十に陽が沈むころに船寄まで迎えにくるように話して帰した。竜之介は門番に話し、捕らえた宗助を連れて表門のくぐりから屋敷内に入った。

2

竜之介は屋敷内にある与力詰所には入らず、連行した宗助を仮牢《かりろう》に連れていった。

竜之介は宗助を仮牢に入れてから、いったん与力詰所に入り、用人部屋にいる松坂清兵衛と会った。そして、松坂に御頭にお伝えしたいことがあると話すと、

「すぐに殿にお伝えしますので、ここでお待ちくだされ」

そう言い残し、松坂は用人部屋を出た。

待つまでもなく、松坂はもどってきて、

「殿は御指図部屋で、お会いするそうです」

と言って、竜之介を御指図部屋に連れていった。

御指図部屋には、まだ横田の姿はなかった。竜之介が座敷に座していっときすると、障子があいて横田が姿を見せた。

横田は小袖《こそで》に角帯姿だったが、落ち着かないような素振りがみえた。下城し、着替えて間もないのだろう。

横田は対座すると、いつものように、「挨拶《あいさつ》はよいぞ」と竜之介に言ってから、

「片柳から聞いたのだが、風魔党のひとり、弥三郎なる者を捕らえ、仮牢に入れてあるそうだな」

と、竜之介を見つめて言った。

竜之介は、片柳に弥三郎のことは話してあったのだ。

「はい、風魔党に捕らえたことが知れぬよう、ひそかに仮牢に入れておきました。弥三郎を捕らえたことが知れると、風魔党は江戸から姿を消すのではないかとみたのです」

「それで、何かわしに話があるそうだが」

横田が声をあらためて訊いた。

「実は、あらたに風魔党のひとり、宗助なる者を捕らえて連れてきました」

「なに、もうひとり捕らえたのか」

横田が身を乗り出すようにして訊いた。

「はい、宗助は一味の者たちの繋《つな》ぎ役をしていたようです。宗助に口を割らせれば、

姿を隠している他の仲間の居所もつかめるとみております」

「それで」

「宗助が、すぐに口を割るとは思えません。それがしの吟味では、無理かもしれません。それで、御頭に宗助の訊問をお願いしたいのです」

竜之介の世辞ではなかった。横田の拷問《せめ》は凄《すさ》まじく、これまで横田の吟味で吐かない者はいなかった。それに、竜之介の胸の内には、宗助の訊問を通して風魔党のこれまでの悪事と探索の経緯を横田に知ってもらうとともに、横田に捕方を指揮してもらい、残る頭目の市蔵と伊原、矢島の三人を捕縛したかったのだ。

「よかろう」

横田が目をひからせて言った。


まず、横田は白洲《しらす》に宗助を引き出した。

宗助は一段高い座敷に座っている横田を見て、顔をこわばらせた。その厳《いか》めしい顔から、噂に聞く火盗改の御頭の横田源太郎と分かったようだ。

それに、土間に座らされた宗助の背後には、青竹を手にした責役《せめやく》がふたり立っていたのだ。

「宗助、風魔党の頭目の名は」

いきなり、横田が強い口調で訊《き》いた。

「し、知りやせん」

宗助が声を震わせて言った。

「頭目の名は！」

横田がさらに語気を強くして訊いた。顔が赤みを帯び、宗助を見すえた双眸《そうぼう》が、燃えるようにひかっている。閻魔《えんま》を思わせるような顔付きである。

「あ、あっしは、風魔党とは何のかかわりもありません」

横田は、責役のふたりに目配せして、「頭目の名は」と同じことを訊いた。

すると、責役のふたりが、「申し上げな」、「申し上げな」と声を上げ、手にした青竹で、ビシ、ビシ、と宗助の背や肩をたたいた。

宗助は、青竹でたたかれる度に身を捩《よじ》らせて呻《うめ》き声を上げたが、頭目の名も、自分が風魔党のひとりであることも口にしなかった。吐けば、じぶんが生きてはいられないことを知っているのだ。

「強情だな。ならば、どこまで白を切れるか、試してみるか」

横田は、脇に控えていた竜之介と責役のふたりに、宗助を拷問《せめ》蔵《ぐら》に連れていくよう指示した。

拷問蔵に入ると、横田は正面の一段高い座敷に座った。座敷の隅に置かれた百目《ひやくめ》蠟燭《ろうそく》の火に浮かび上がった横田の剛毅《ごうき》な顔が、さらに恐ろしく見えた。まさに、鬼のようである。竜之介は座敷に上がらず、横田のいる座敷の前の土間に立った。そこから、これまでつかんだことを横田に知らせるとともに訊問にもくわわるのだ。

ふたりの責役は、拷問蔵の小砂利を敷いた土間の上に宗助を座らせた。土間の両側には、様々な責具が置かれている。

宗助の顔は蒼《あお》ざめ、体を顫《ふる》わせていた。拷問蔵がどれほど恐ろしい場所か、話に聞いているにちがいない。

「宗助、ここは地獄だぞ。地獄の責めに、どこまで耐えられるかな」

横田は宗助を睨《にら》むように見すえて言った後、

「頭目の名は」

と、あらためて訊いた。

「し、知りやせん。あっしは、風魔党と何のかかわりもありません」

宗助が声を震わせて言った。

すると、横田の脇にいた竜之介が、

「宗助、白を切っても無駄だ。先に捕らえた弥三郎は口を割り、おまえが風魔党のひとりだと話しているのだ」

と、口をはさんだ。

「あっしは、何も知らねえ」

宗助はそう言って、下をむいてしまった。

「なかなか、強情だな。……雲井、この男に石を抱かせてやれ」

横田が指示した。

竜之介はすぐに責役のふたりに指示し、まず横田棒と呼ばれる角材を運ばせた。

そして、宗助の膝先《ひざさき》に、角を上にして何本も並べさせた。角材は、どす黒い血に染まっている。これまで、横田の拷問を受けた罪人たちが流した血である。

宗助は血に染まった角材を見て顔が紙のように蒼ざめ、体が激しく顫えだした。

3

「座らせろ」

横田が責役のふたりに声をかけた。

ふたりの責役は宗助の両腕をとって立ち上がらせ、嫌がる宗助を引きずるようにして角材の上に正座させた。

宗助は苦痛に顔をしかめた。角材の上に座るだけで痛いのだ。

「宗助、頭目の名は」

横田が同じことを訊いた。

「し、知らねえ。……あっしは、風魔党じゃァねえ」

宗助が苦痛に顔をしかめたまま言った。

「石を積め！」

横田が命ずると、ふたりの責役は平石を運んできて、宗助の膝の上に置いた。

ギャッ！

と悲鳴を上げ、宗助が上半身を捩るように動かした。

責役はさらにもう一枚平石を運んできて、宗助の膝の上に置いた。宗助は悲鳴を上げながら、激しく身を捩った。髷《まげ》の元結が切れ、ざんばら髪になった。その髪をバサバサと振り回している。

「宗助、話せ。足が千切れるぞ」

竜之介が声をかけた。

だが、宗助は悲鳴を上げているだけで、頭目の名を口にしなかった。

「積め！」

横田がさらに命じた。

ふたりの責役は新たに平石を運んできて、宗助の膝の上に積んだ。石が四枚になったとき、脛《すね》の肌が破れて血が流れ出た。

「は、話す！」

宗助が叫んだ。

「よし、石を取ってやれ」

横田が命じた。

ふたりの責役は、すぐに宗助の膝の上に置かれた平石を取り除いたが、宗助は角材の上に座ったまま呻き声を上げている。自力で身をずらすことも、立ち上がることもできないのだ。

責役のふたりは、宗助の両腕をとって体を持ち上げ、並べられた角材の脇に尻《しり》をつかせた。投げ出された両足の脛が破れ、流れ出た血が土間を赤く染めていく。

「頭目の名は」

横田が同じことを訊いた。

「お、親分は、市蔵……」

宗助が喘《あえ》ぎながら言った。

横田は確認するように竜之介に目をやった。

「それがしも、頭目は市蔵とみております」

竜之介が答えた。

「市蔵の隠れ家は、どこだ」

横田が声をあらためて訊いた。

宗助は口をつぐんだまま戸惑うような顔をしたが、

「も、門前町……」

と、声を震わせて言った。

「深川だな」

すぐに、横田は竜之介に顔をむけた。それだけで、市蔵の隠れ家がつきとめられるか確かめたのである。

「門前町のどこだ」

横田に代わって、竜之介が訊いた。永代寺門前町は、八幡宮の門前通りにひろくつづいている。門前町と分かっても、探すのはむずかしい。

「ま、松島屋《まつしまや》の脇の、路地を入った先で」

宗助は、松島屋は料理茶屋だと言い添えた。

「隠れ家は、借家か」

さらに、竜之介が訊いた。

宗助は首を垂らすようにうなずいた。

それから、竜之介は矢島の隠れ家も訊いた。宗助によると、矢島には決まった住《す》処《か》はなく、市蔵か伊原の隠れ家にいるときが多いという。

横田と竜之介とで、風魔党の残る三人、伊原、市蔵、矢島の居所を訊き終わると、

「商家から奪った金は、どこにあるのだ」

横田が声をあらためて訊いた。

「お、親分のところに」

宗助が答えた。

横田が竜之介に顔をむけ、「他に、訊くことがあるか」と小声で言った。

「宗助、市蔵たちは、江戸から逃げる気はないのか」

竜之介が訊いた。

「いまはねえが、三人だけになっちまったから、その気になるかもしれねえ」

「そうか」

残る市蔵、伊原、矢島の三人は、宗助が捕らえられたことを知れば、すぐにも江戸を離れるのではないか、と竜之介はみた。

横田も竜之介と同じことを思ったらしく、

「雲井、すぐに市蔵たちの隠れ家をつきとめろ。一味の者たちが、江戸を離れる前に捕らえねばならぬ」

と、語気を強くして言った。

「ハッ」

竜之介は、横田に頭を下げて拷問蔵を出た。すぐに、市蔵の隠れ家の探索にあたるつもりだった。伊原の住む借家は分かっているので、市蔵の隠れ家さえつきとめれば、残る三人の捕縛にあたれるのだ。

横田の屋敷から出た竜之介は、西本願寺の裏手の船寄にむかった。平十たちが待っているはずである。

船寄には、平十、寅六、茂平の三人が待っていた。竜之介は舟に乗り込み、掘割をたどって大川へ出ると、竜之介は宗助が市蔵の隠れ家を吐いたことを話してから、

「明朝、門前町へむかい、隠れ家をつきとめる」

と、言い添えた。

竜之介は、市蔵の隠れ家をつきとめたら、すぐに横田と相談し、残る市蔵、伊原、矢島の捕縛にむかうつもりだった。

4

翌朝、竜之介、平十、寅六、茂平の四人は、瀬川屋の桟橋から舟で深川にむかった。

竜之介たちは舟をこれまでと同じ蛤町の船寄に着け、八幡宮の門前通りに出てから東方にむかった。

門前通りをいっとき歩くと、

「この辺りから、門前町ですぜ」

平十が通り沿いの店に目をやりながら言った。

「松島屋という料理茶屋を探してくれ」

竜之介が、松島屋の脇の路地を入った先に、市蔵の隠れ家があることを話した。

「あっしが、訊《き》いてきやす」

そう言って、寅六が通り沿いにあった紅屋に立ち寄った。

紅屋は、貝殻や焼き物の小皿などに紅を塗って売っていた。紅は紅花の花弁から取り出した色素を練り固めたものである。

寅六は店先にいた年増《としま》と何やら話し、すぐに竜之介たちのところにもどってきた。

「この先、二町ほど歩くと、大きな料理茶屋があるそうでさァ。二階建ての大きな店なので、行けば分かるそうで」

寅六が通りの先に目をやりながら言った。

「行ってみよう」

竜之介たちは、門前通りをさらに東方にむかって歩いた。

「あの店ですぜ」

平十が通り沿いの大きな店を指差して言った。

二階建ての料理茶屋らしい店である。入口に近付くと、掛け行灯《あんどん》に「御料理、松島屋」と書いてあるのが見えた。

松島屋の脇に路地がある。路地を行き交うひとの姿が見えた。路地沿いに、そば屋、小料理屋、一膳《いちぜん》めし屋などの飲み食いできる店が並んでいる。富ヶ岡八幡宮に近いので、参詣《さんけい》客や遊山客などが、立ち寄るのだろう。

竜之介たちは路地に入ると、すこし間をとって歩いた。人目につかないようにしたのである。

「借家は、ありそうもないな」

竜之介が路地沿いの店に目をやりながら言った。

ところがいっとき歩くと、人通りが急にすくなくなり、路地沿いの店もまばらになった。それに、八百屋や煮染屋《にしめや》など暮しに必要な店が目につくようになった。空き地や笹藪《ささやぶ》なども、残されている。

「借家らしい家が、ありやすぜ」

平十が前方を指差して言った。

見ると、半町ほど先の路地沿いに借家か妾宅《しょうたく》を思わせる仕舞屋《しもたや》があった。古いようだが、借家にしては大きな造りである。家の脇は、草藪になっていた。斜前《はすまえ》に、小体な八百屋があった。

「迂闊《うかつ》に近付けんぞ」

竜之介が言った。借家には市蔵だけでなく、矢島と伊原がいるかもしれない。下手に借家を探って、市蔵たちに気付かれれば、捕らえるどころか返り討ちに遭う。

「あっしが、探ってきやしょう」

そう言い残し、茂平が仕舞屋にむかった。

茂平は通行人を装い、仕舞屋の脇まで行くと、近くに人影がないのを確かめてから、スッと家の脇に身を寄せた。素早い動きである。

茂平は笹藪の陰に身を隠したらしく、その姿が見えなくなった。おそらく、路地から見えない場所に身を隠して、家のなかの様子を探っているのだろう。

さすが、蜘蛛《くも》の茂平と呼ばれた盗人《ぬすっと》だったただけのことはある。竜之介でさえ、その姿を見ることができなかった。

いっときすると、茂平が路地に姿を見せた。通行人を装い、こちらに歩いてくる。

茂平は竜之介たちのそばにもどると、

「家にふたりいやすぜ」

と、くぐもった声で言った。

「ふたりか」

竜之介が聞き返した。

「へい、市蔵と矢島でさァ」

茂平によると、家のなかからふたりのやり取りが聞こえたという。

「ふたりの居所をつかんだな」

竜之介は、これで風魔党一味を捕らえられると思った。

念のため、竜之介は茂平と寅六をその場に残し、平十の舟で横田屋敷へむかった。横田に、市蔵と矢島の隠れ家が分かったことを知らせるのである。

竜之介は西本願寺の裏手に舟を着けさせると、平十をその場に残して、横田屋敷にむかった。

竜之介は松坂に話し、いつもの御指図部屋で横田と会った。

竜之介は横田と顔を合わせると、

「御頭、風魔党の残る三人の居所が知れました」

そう切り出し、永代寺門前町の借家に風魔党の頭目の市蔵と矢島が身を隠していることを話した。

「伊原藤八郎が身を隠しているのは、八幡宮の近くの東仲町だったな」

横田が念を押すように訊《き》いた。

「はい」

竜之介は、伊原の隠れ家は永代寺門前東仲町にあると横田に話してあった。伊原は借家を留守にすることが多いようだが、市蔵たちの隠れ家にいなければ、東仲町の借家に帰っているとみていいだろう。

「すぐにも、捕方を集めて風魔党の捕縛にむかいたいが、明後日《あさって》ということになるな」

横田が、明日にも与力と同心たちに指示して捕方を集めるが、深川に向かうのは明後日になると話した。

「それまで、手先の者たちに隠れ家を見張らせておきます」

竜之介は、風間と密偵《てさき》たちに話し、二か所にある隠れ家を見張らせておこうと思った。

「頼むぞ」

横田が竜之介に声をかけた。

横田屋敷を出た竜之介は、ふたたび平十の舟で深川にむかい、茂平たちと風間たちに横田との話を伝え、隠れ家の見張りをつづけるよう指示した。

5

深川へ捕方がむかう日の午後、竜之介は平十の舟で築地にある横田屋敷へむかった。竜之介の密偵たち五人と風間は二手に分かれ、市蔵と矢島の隠れ家と伊原の隠れ家を見張るために、深川に出かけている。

横田屋敷の前に、横田をはじめ二十人ほどの捕方が集まっていた。与力の片柳と同心がふたり。それに、手先たちが十数人いた。

これだけの人数で、二か所に身をひそめている市蔵たち三人を捕らえるのはむずかしいが、他の与力と同心、それに手先たちの多くは、横田たち本隊が深川にむかう途中の道筋で待っていることになっていたのだ。

築地から深川まで舟なら早いが、歩くとかなりある。大勢の捕方を乗せるための舟を調達するのが難しかったし、そうした手配をしていることが市蔵たちに洩《も》れる恐れもあった。それで、二艘《そう》の舟に乗れるだけの人数が、横田屋敷から発《た》つことになったのだ。

横田をはじめ、与力の片柳と同心たちは捕物出役装束に身をかためていた。横田は金紋付きの黒塗りの陣笠《じんがさ》に、ぶっさき羽織、草鞋《わらじが》掛けである。その横田の脇に、頭付同心がふたりしたがっている。

捕方たちは鉢巻き襷《たすきが》掛けで、手に六尺棒や火盗改の文字の記された提灯《ちょうちん》を持っている。提灯は、暗くなったときの備えである。捕方たちのなかには、捕物三具と呼ばれる長柄《ながえ》の袖搦《そでがらみ》、突棒《つくぼう》、刺股《さすまた》を手にしている者もいた。

「雲井、市蔵たちに動きはないか」

横田が竜之介に訊《き》いた。

「いまのところ、市蔵と伊原は、それぞれの隠れ家にいるようです」

竜之介が言った。

市蔵と矢島が身をひそめている永代寺門前町の借家には、茂平とおこん、永代寺門前東仲町には寅六と千次が張り付いていた。市蔵たちが借家から姿を消せば、すぐに知らせにくる手筈《てはず》になっていた。

市蔵たちは借家から出ることがあっても、暗くなる前に帰るようだった。繋ぎを取り合って、江戸を出る準備をしているのかもしれない。

「よし、深川へ向かうぞ」

横田が、その場にいる捕方たちに声をかけた。

捕方の一隊は、西本願寺の裏手の船寄にとめてあった四艘の猪牙舟《ちょきぶね》に分乗した。一艘は、竜之介が乗ってきた瀬川屋の舟である。竜之介たちの舟にも、数人の捕方が乗り込んだ。竜之介たちの舟が先にたち、四艘の舟は大川を遡《さかのぼ》り、深川の掘割をたどって、汐見橋近くの桟橋に着けられた。

蛤町の船寄からも永代寺門前町へ行くことはできた。ただ、賑《にぎ》やかな門前通りを抜けなければならないし、永代寺門前東仲町に行くには遠くなる。それで、捕方の一隊は、汐見橋の近くの桟橋に舟をとめたのだ。

桟橋から下りると、火盗改の与力と同心、それに十人ほどの捕方が待っていた。横田家の屋敷ではなく、直接この場に来た者たちである。

「行くぞ」

横田が声をかけ、一隊は八幡宮の門前通りに通じる表通りに出た。そこは、行き交うひとの姿が多かった。通行人たちは、火盗改の一隊を目にすると、慌てて路傍に身を寄せた。女子供のなかには、悲鳴を上げて逃げ出す者もいた。

一隊が表通りをいっとき歩くと、風間が路傍に立っていた。風間は、すぐに走り寄った。火盗改の一隊を待っていたようだ。

「伊原は、借家にいるか」

すぐに、竜之介が訊いた。

「います」

風間が口早に話したことによると、伊原は昼ごろ借家を出たが、一刻《いっとき》（二時間）ほどして借家にもどったという。

「昼めしを食いに出たのだな」

「そのようです」

竜之介と風間のやり取りを聞いていた横田が、

「手筈どおりだ。片柳、伊原を捕らえろ」

と、脇に控えていた片柳に指示した。

「心得ました」

片柳は川澄《かわすみ》という与力と三人の同心に声をかけ、十数人の捕方をしたがえて、風間の後につづいた。

捕方の一隊には与力がふたり、同心が風間の他に三人いた。それに様々な捕物道具を手にしている捕方たちがいる。伊原は剣の遣い手だが、ひとりである。これだけの陣容なら、取り逃がすことはないだろう。

風間の先導で、片柳たちの一隊は、左手の路地に入った。その路地の先に、伊原の住む借家はある。


一方、竜之介たちの一隊は片柳たちを見送った後、さらに表通りを西にむかった。いっとき歩くと、富ケ岡八幡宮の門前が見えてきた。

すでに陽は西の家並のむこうに沈み、店の軒下や樹陰などには淡い夕闇が忍び寄っていたが、八幡宮の門前は人出が多かった。参詣《さんけい》客や遊山客などが行きかっている。

竜之介たち一隊は、目立たないようにすこし間をとって歩いたが、それでも通行人たちは火盗改と気付いた者が多く、慌てて道をあけたり、なかには子供の手を引いて駆け出す親もいた。

竜之介たちは、賑やかな八幡宮の門前を通り抜け、永代寺門前町に入った。通り沿いの料理屋、料理茶屋、置屋などは、まだ客が出入りしていたが、表戸をしめた店もすくなくなかった。

松島屋に近付くと、脇の路地を入ったところに女がひとり立っていた。おこんである。おこんは火盗改の一隊を目にすると、こちらに歩いてきた。

竜之介は足を速め、一隊からすこし離れた所でおこんに身を寄せた。掏摸《すり》だったおこんは、火盗改の手先と思われるのを嫌がったのである。

竜之介はおこんと擦れ違いざま、

「市蔵たちはいるか」

と、小声で訊いた。

「ふたり、います」

おこんはそう言っただけで、竜之介から離れていった。付近に、茂平の姿はなかった。茂平は借家の近くで見張っているのかもしれない。

竜之介は歩調を緩め、一隊が近付くのを待った。そして、横田がそばに来ると、

「そこの路地を入った先です」

と言って、松島屋の脇の路地を指差した。

6

そのころ、片柳たちの一隊は、風間の先導で伊原の住む借家にむかっていた。路地の人影はすくなかったが、通りかかった者たちは火盗改の一隊を見て、慌てて家のなかに逃げ込んだり、物陰に身を隠したりした。

一隊は通行人にはかまわず、足早に路地を進んだ。前方に伊原の住む借家が見えてきたとき、路地沿いの店の脇から姿を見せた猪三郎が、風間のそばに走り寄った。

「伊原は、いるな」

すぐに、風間が訊いた。

「いやす」

「ひとりか」

「ひとりです」

猪三郎が、伊原は昼ごろ借家を出た後借家にもどり、その後は家から出ていないと話した。風間は、伊原が昼ごろ借家を出たことは知っていたので、すぐに片柳のそばに行き、伊原が借家にいることを伝えた。

「よし、手筈どおりだ」

片柳が、他の与力や同心たちに聞こえる声で言った。

一隊は借家の近くまで来ると、足をとめた。そして、片柳が川澄に、

「念のため、裏手をかためてくれ」

と、指示した。

川澄はすぐに五人の捕方を連れ、借家の脇をとおって裏手にまわった。

「踏み込むぞ」

片柳が表に残った捕方たちに声をかけた。どの顔にも、緊張の色があった。相手はひとりだが、腕の立つ武士と聞いていたからである。

「戸をあけます」

風間が片柳に言い、借家の戸口の板戸に手をかけて引いた。

戸は重い音をたててあいた。家のなかは薄暗かった。土間の先が、すぐに座敷になっていてひとのいる気配があった。

風間と片柳が土間に踏み込み、十手や六尺棒を持った数人の捕方が風間たちにつづいた。袖搦や突棒などを手にした捕方も踏み込んでくる気配を見せているが、土間が狭くまだ戸口にとどまっている。

座敷の奥に、武士がひとり胡座《あぐら》をかいていた。伊原である。伊原の膝先《ひざさき》に、貧乏徳利《どっくり》が置いてあった。ひとりで酒を飲んでいたらしい。

伊原は驚いたような顔をして手にした湯飲みを脇に置き、

「火盗改か！」

と声を上げ、傍らに置いてあった刀を手にして立ち上がった。捕方に立ち向かう気らしい。

「捕れ！」

片柳が叫んだ。

土間に入ってきた捕方たちが、十手や長柄の捕具を伊原にむけながら、御用！　御用！　と声を上げた。

「座敷に上がってこい！　ひとり残らず、斬り殺してやる」

伊原が威嚇するように叫び、手にした刀を八相に構えた。

捕方たちは、土間から座敷に上がらなかった。いや、伊原を恐れて、上がれなかったのだ。

「おれが、相手になってやる」

風間が抜刀して座敷に踏み込んだ。

つづいて、片柳が十手を手にして座敷に上がり、

「恐れるな！　長柄を使え」

と、捕方たちに叫んだ。この声で、刺股や突棒などの長柄の捕具を手にした捕方が座敷に踏み込み、御用！　御用！　と、声を上げ、伊原に迫った。

片柳はすぐに身を引いて、長柄の捕具を手にした捕方の後ろへまわり、

「搦《から》め捕れ！」

と、指示した。

そのとき、伊原が八相に構えたまま六尺棒を手にした捕方のひとりに迫った。その捕方に一太刀浴びせて、土間へ飛び出そうとしたらしい。

「逃がさぬ！」

叫びざま、風間が踏み込み袈裟《けさ》に斬り込んだ。素早い動きである。

一瞬、伊原は手にした刀を撥《は》ね上げて、風間の刀身を弾《はじ》いた。だが、無理な体勢で刀をふるったため構えがくずれて棒立ちになった。

そのとき、風間の脇にいた捕方が、踏み込みざま手にした刺股を突き出した。刺股が伊原の喉首《のどくび》をとらえた。

グワッ！

伊原が呻《うめ》き声を上げ、後ろによろめいた。

この隙を風間がとらえて斬り込んだ。踏み込みざま、刀を袈裟に払った。一瞬の太刀捌《さば》きである。

ザクリ、と伊原の右袖《そで》が裂け、伊原は手にした刀を取り落とした。あらわになった二の腕から血が噴いている。

これを見た片柳が、

「捕れ！」

と、捕方たちに叫んだ。

捕方のひとりが、刀を取り落とした伊原の後ろから近付いて羽交い締めにし、もうひとりの捕方といっしょに伊原を押し倒した。

さらに、ふたりの捕方がくわわり、押し倒した伊原の両腕を後ろにとって早縄をかけた。伊原は呻き声を上げ、苦しげに顔をしかめていた。伊原の傷は深いらしく、右袖はどっぷりと血を吸い、赤く染まっている。

そこへ、裏手にまわっていた川澄が捕方たちを連れて、座敷に入ってきた。闘いの声と物音を聞いて駆け付けたらしい。

川澄は、伊原が縄を掛けられ、血塗《ちまみ》れになっているのを目にすると、

「風魔党の伊原を捕らえたか」

と言って、安堵《あんど》の色を浮かべた。

片柳が座敷にいた同心と捕方たちに、

「家のなかを探ってみろ。伊原は何か隠しているかもしれん」

と、指示した。

すぐに、同心と捕方たちが借家のなかを調べ始めた。小半刻《こはんとき》（三十分）ほどすると、長持ちのなかに隠してあった布袋が見つかった。なかに小判と一分銀などが百両ほど入っていた。それに、網代笠《あじろがさ》、道中合羽《カッパ》、打飼《うちがい》などが見つかった。

「伊原は、近いうちに奪った金を持って旅に出るつもりだったのだ」

片柳がその場にいた男たちに目をやって言った。

7

竜之介は、御頭の横田とともに松島屋の脇の路地に踏み込んだ。後に、火盗改の一隊がつづいた。

路地にいた参詣客《さんけい》や遊山客などは、踏み込んできた火盗改の一隊を見て慌てて道をあけた。店のなかに逃げ込む者、蒼《あお》ざめた顔で路傍に立って身を顫《ふる》わせている者など様々だったが、騒ぎ立てる者はいなかった。

竜之介たちは、通行人や店の者にかまわず路地を急いだ。いっとき歩くと、路地沿いの店屋はまばらになり、通行人の姿もあまり見掛けなくなった。路地沿いには、空き地や笹藪《ささやぶ》などが多くなった。

竜之介は市蔵と矢島のいる借家に近付くと、路傍に足をとめ、横田が身を寄せるのを待って、

「あれが、矢島たちのいる家です」

と言って、借家を指差した。

竜之介は家の周囲に目をやったが、茂平の姿はなかった。どこかに身を隠してい

るにちがいない。おこんと同様、茂平も火盗改と顔を合わせるのは嫌なのかもしれない。それに、竜之介のそばには、鬼と恐れられる御頭の横田がいるのだ。

「市蔵たちはいるかな」

横田が訊《き》いた。

「いるはずです」

竜之介は、いると断言しなかった。先程手先から報告を受けたことは、伏せておきたかったのだ。

「隠れ家に近付いてみよう」

そう言って、横田が先にたって借家にむかった。慌てて、竜之介は横田の脇についた。火盗改の一隊はふたりの後からついてくる。

竜之介と横田は借家の近くまで行くと、

「御頭、ここでお待ちください。それがしが、様子を見てきます」

竜之介が、足早に借家にむかった。竜之介は、いきなり大勢の捕方が借家にむかうと、家にいる市蔵と矢島に気付かれて逃げられる恐れがあるとみたのだ。

竜之介は借家に近付くと、足音を忍ばせて戸口に身を寄せ、聞き耳をたてた。かすかに家のなかから話し声が聞こえた。ふたりいることは分かったが、何を話しているかは聞き取れなかった。

竜之介は踵《きびす》を返し、横田たちのそばにもどった。

「います、ふたりとも」

竜之介が横田に言った。家のなかに、だれがいるか確認できなかったが、市蔵と矢島とみていいだろう。

「よし、踏み込むぞ」

横田が、その場にいる捕方たちに聞こえる声で言った。

竜之介と横田を先頭に、捕方の一隊がつづいた。竜之介たちは足音を忍ばせ、借家に近付いた。そして、借家の手前まで来ると、

「裏手にまわれ！」

と、横田が指示した。

与力と同心が十人ほどの捕方を連れて、借家の脇を通って裏手にむかった。背戸《せど》をかためるのである。

「踏み込むぞ」

横田が声を殺して指示した。

すぐに、その場に残った竜之介たち一隊は、借家の戸口にむかった。横田は戸口

の脇に控えている。ここから先は、竜之介たち与力が捕方に指示して、市蔵と矢島を捕らえることになる。

竜之介は板戸に身を寄せて、なかの様子をうかがった。物音と男の話し声が聞こえた。くぐもったような声だが、言葉遣いから武士と町人であることが知れた。市蔵と矢島であろう。まだ、ふたりは捕方に気付いていないようだ。

「あけるぞ」

竜之介が声を殺して言い、板戸を引いた。

戸は重い音をたててあいた。敷居の先に土間があり、その奥に狭い板間があった。竜之介たちは土間に踏み込んだ。

板間の先が、座敷になっていた。座敷の右手に奥へつづく廊下がある。座敷に、ふたりの男がいた。市蔵と矢島であろう。

「火盗改《かとう》だ！」

市蔵が叫んだ。

「ここも、嗅《か》ぎ付けおったか」

矢島が脇に置いてあった刀を手にして立ち上がった。矢島は、火盗改と闘うつもりらしい。

「捕れ！」

竜之介は捕方に声をかけ、抜刀した。矢島は自分の手で、斬るつもりだった。捕方にまかせると、大勢の犠牲者が出るだろう。

捕方たちは板間に踏み込み、

御用！

御用！

と声を上げ、手にした十手、刺股、袖搦などを市蔵と矢島にむけた。

「皆殺しにしてくれるわ！」

叫びざま、矢島が抜刀した。

市蔵も、懐から匕首《あいくち》を取り出して身構えた。縄を受ける気はないらしい。

「長柄で、取り囲め！」

与力のひとりが、捕方たちに指示した。

すると、刺股、袖搦、突棒を持った捕方たちが前に出て、市蔵と矢島を取り囲むように回り込み、手にした捕具をふたりにむけた。

これを見た矢島は、戸惑うような顔をしたが、いきなり手にした刀を振り上げ、廊下側にいた突棒を手にした捕方に歩を寄せて、イヤアッ！　と裂帛《れっぱく》の気合を発して斬りかかった。

咄嗟《とっさ》に、捕方は脇に逃げた。矢島に斬られると思ったらしい。

矢島は前があくと、突進した。そして、廊下へ飛び出した。家の裏手へ逃げるつもりらしい。

「逃がすな!」

叫びざま、竜之介は廊下へ飛び出した。後に、同心と数人の捕方がつづいた。捕方たちは長柄の捕具を持っている。

8

廊下の先に、矢島の後ろ姿が見えた。

抜き身を引っ提げたまま逃げていく。その矢島の前方に、流し場や竈《へっつい》などが見えた。突き当たりは、台所になっているらしい。

竜之介は矢島の後を追った。同心と数人の捕方がつづく。座敷での捕物の声と廊下を走る大勢の足音で、借家は騒然となった。

矢島は台所の土間に飛び下りた。そして、流し場の脇を通って背戸にむかった。

矢島は背戸の前で、戸惑うような動きを見せた。背戸のむこうに、捕方がいるのを察知したのだろう。

だが、矢島は背戸をあけて外へ飛び出した。

竜之介と捕方の一隊は、台所へ出ると背戸にむかった。

竜之介は、抜き身を引っ提げたまま背戸から外に飛び出した。見ると、矢島が数人の捕方に囲まれていた。裏手にまわった与力と同心に率いられた捕方たちである。

「捕れ!」

与力が叫んだ。

その声で、矢島の前にいた刺股を手にした捕方が踏み込もうとした。

すると、矢島は鋭い寄り身で捕方に迫り、裂帛の気合を発して斬り込んだ。その瞬間、捕方は手にした刺股を突き出したが、恐怖で腰が引けて刺股は矢島の肩先をかすめただけだった。

矢島の切っ先が、捕方の右腕をとらえた。

ギャッ!

と、叫び声を上げ、捕方がよろめいた。この一瞬の隙をついて、矢島は捕方の脇を擦り抜けた。

借家の裏手は、笹藪《ささやぶ》になっていた。その笹藪のなかに、矢島は抜き身を引っ提げたまま飛び込んだ。

「逃がすな！」

与力が叫んだ。その声で、背戸のまわりにいた同心と捕方たちが、矢島の後を追って笹藪のなかに踏み込んだ。

竜之介も笹藪のなかに入ったが、すぐに足がとまった。どちらへむかったらいいか分からない。笹藪を掻《か》き分ける音があちこちで聞こえたが、矢島の姿が見えなかったのだ。

仕方なく、竜之介は背戸の前にもどった。いっときすると、笹藪のなかに踏み込んだ捕方たちが、ひとりふたりともどってきた。いずれも矢島の姿を見失ったらしく、矢島がどこへ逃げたか分からなかった。

竜之介は、肩を落としている与力のそばに行き、

「気を落とすな。まだ、矢島の逃げた先をつきとめる手はある」

と、声をかけた。

このとき、竜之介の胸の内には、茂平のことがあった。借家を見張っているはずの茂平の姿を見かけなかったのだ。

……茂平はどこかに身を隠して捕物の様子を見ていた。

と、竜之介は踏んだ。茂平は、矢島が背戸の近くで捕方とやりあい、笹藪のなかに逃げ込むのを目にすれば、跡を尾《つ》けたはずである。

表の座敷での捕物は終わった。風魔党の頭目の市蔵は捕らえられ、家にもどった竜之介や与力の手で戸口に引き出された。

市蔵は後ろ手に縛られ、血塗《ちまみ》れになっていた。突棒や刺股などで叩《たた》かれたり突かれたりしたらしく、着物のあちこちが破れ、血に染まっていた。市蔵は苦しげに顔をしかめ、呻《うめ》き声を上げている。

そこへ、裏手にまわっていた与力が、捕方を連れて姿を見せた。そして、与力が横田に矢島を取り逃がしたことを話すと、

「矢島を逃がしたか」

横田は渋い顔をした。

すると、竜之介が横田に身を寄せ、

「矢島の逃げた先は、ちかいうちに突きとめます」

と耳打ちすると、横田は表情をやわらげてうなずいたが、

「ここに、市蔵を連れてこい。念のため、市蔵に訊《き》いてみる」

と、脇に控えていた与力に言った。

すぐに、与力が捕らえた市蔵を連れてきて、横田の前に座らせた。

「市蔵、矢島はここから逃げた。どこへ、逃げたか分かるか」

横田が市蔵を見すえて訊いた。

「わ、分からねえ」

市蔵は、苦しげに顔をゆがめて言った。

「矢島はおまえを見捨てて逃げたのだぞ。庇《かば》うことは、あるまい。……矢島はどこに逃げた」

「…………」

市蔵は首を横に振った。

「分からぬか。では、別のことを訊くぞ」

横田は、逃げた矢島のことにはそれ以上触れず、

「奪った金は、この家に隠してあるのだな」

と、市蔵に念を押すように訊いた。

「何のことか、分からねえ」

そう言って、市蔵は横田から視線を逸《そ》らせてしまった。

「ここで石を抱かせることは、できんからな。わしらの手で探すしかないか」

横田は苦笑いを浮かべて言うと、近くにいた与力と同心に目をむけ、

「家探ししろ。金の他にも、何か隠してあるはずだ」

と、指示した。

すぐに、与力と同心が、何人かの捕方を連れて借家に入った。竜之介は借家には入らず、路地に出て樹陰や家の脇などに目をやった。念のため茂平を探してみたのだが、その姿はどこにもなかった。やはり、矢島の跡を尾けたらしい。

与力や同心が、捕方を連れて借家に入ってから半刻《はんとき》（一時間）ほど過ぎた。辺りは淡い夜陰につつまれ、頭上には星も出ていた。

表の戸口から、与力や同心たちがもどってきた。同心が千両箱を抱え、捕方たち数人が、菅笠《すげがさ》、道中合羽《カッパ》、振分け荷物などを運んできた。借家のなかにあったらしい。

「千両箱の中身は、金か」

横田が訊いた。

「はい、奪った金と思われます」

同心が、横田の前に千両箱を置いてあけた。

小判、一分銀などがぎっしり詰まっていた。千両余、あるかもしれない。風魔党が商家に押し入って強奪し、仲間たちで分けた後の残りであろう。

「この金を持って、高飛びするところだったのか」

横田が言うと、

「ち、ちくしょう！　家を出るのが、一足遅かったか」

市蔵が悔しそうに顔をしかめた。

第六章　死闘

1

茂平は、矢島の跡を尾《つ》けていた。

矢島が借家の裏手から笹藪《ささやぶ》のなかに逃げたとき、茂平は裏手に来ていた。裏手から捕方の声が聞こえ、矢島か市蔵が裏手から逃げようとしているのを察知したからである。

茂平は矢島が笹藪のなかに逃げ込むのを目にすると、すぐに笹藪のなかに踏み込んだ。そして、笹を掻《か》き分ける音を追って矢島に近付き、跡を尾けたのである。

矢島は笹藪を抜け、小径《こみち》に出た。そこは、近所の者だけが利用する道だった。辺りに人影はなく、ひっそりとしている。

矢島は小径をたどって、市蔵の住む借家のある路地に出た。矢島は笹藪を抜けると小径があり、ふだん行き来している路地に通じていることも知っていたらしい。

矢島は路地を通って、富ケ岡八幡宮の門前通りに出た。すでに、通りは深い夕闇につつまれていたが、まだ人影はあり、道沿いの料理屋や料理茶屋などから嬌声《きょうせい》や酔客の濁声《だみごえ》などが聞こえてきた。

矢島は表通りを足早に西にむかって歩いていく。茂平は矢島との間をすこしつめた。暗がりをたどり、足音を消して尾けていく。

前方に、一ノ鳥居が見えてきた。その辺りまで来ると人影がすくなくなり、通りの闇も深くなったように感じられる。

前を行く矢島は、一ノ鳥居をくぐるとすぐに左手の路地に入った。この辺りは、黒江町である。

茂平は走った。矢島の姿が見えなくなったからだ。路地の角まで来て目をやると、矢島の後ろ姿が見えた。ぶらぶらと路地を歩いていく。火盗改の手から逃げられたと思っているのだろう。

路地には、まだ商いをしている店があった。縄暖簾《なわのれん》を出した飲み屋、一膳《いちぜん》めし屋、小料理屋などである。

矢島は小料理屋らしい店の前で足をとめると、路地の左右に目をやってから格子戸をあけてなかに入った。

茂平は通行人を装って、小料理屋の前まで行ってみた。店のなかから男の談笑する声や女の笑い声などが聞こえた。

茂平は店の前を通り過ぎてから、通りかかった近所の住人と思われる初老の男に、小料理屋の名を訊いてみた。

「桔梗屋《ききょうや》でさァ」

男が薄笑いを浮かべて言った。

「洒落《しゃれ》た名だな。……それで、女将《おかみ》の名は」

「お京《きょう》さん。……なかなか色っぽい女将ですよ。覗《のぞ》いてみたらどうです」

初老の男は、薄笑いを浮かべたまま茂平から離れた。

……矢島が、馴染《なじ》みにしている店のようだ。

と、茂平は思った。

行き場を失った矢島は、この店に泊まるかもしれない、と茂平はみて、店をしめるまで見張ることにした。

茂平は、桔梗屋の斜《はす》向かいにあった店の脇の暗がりに身をひそめた。茂平の茶の小袖《こそで》と黒股引《ももひき》姿は闇に溶け、両眼だけがうすくひかっている。まるで、闇のなかで獲物を待つ獣のようである。

茂平は、闇のなかに身をひそめることに慣れていた。盗人《ぬすっと》だったころは、一晩中闇のなかでじっとしていることも珍しくなかった。

夜が更けてくると、桔梗屋から酔客がひとり、ふたりと出てきた。客たちは女将らしい年増《としま》に、見送られて帰っていく。

茂平はふたり連れの職人らしい男が帰っていくのを目にし、店の様子を訊《き》いてみようと思い、暗がりから路地に出た。

茂平は背後からふたりに近付き、

「ご機嫌だな」

と、声をかけた。

ふたりは振り返り、茂平を目にすると、

「そこの店で、一杯やったのよ」

若い男が、足をふらつかせながら言った。茂平のことを、近くの店で飲んだ帰りと思ったようだ。

「桔梗屋で一杯やったのかい」

「そうよ」

もうひとりの赤ら顔の男が言った。こちらが年上らしい。

「おれも、桔梗屋にいったことはあるんだがな。ちょいと、気になることがあって、ちかごろは顔を出さねえのよ」

「何が、気になるんだい」

「女将には、二本差しの情夫《いろ》がいるんじゃァねえのかい」

茂平が言うと、ふたりは口をつぐんだが、

「矢島の旦那《だんな》のことかい」

と、赤ら顔の男が急に渋い顔をして言った。

「そうよ。矢島の旦那が店にいちゃァ、女将に酌をしてもらっても、腰が落ち着かねえやな」

「おめえの言うことは、分かるよ。だがな、おれたちは女将に手を出す気はねえ。桔梗屋は料理がうめえし、他の店と比べても安い。それで、行くのよ」

赤ら顔の男が、脇を歩いている若い男に、「そうだな、政次《まさじ》」と声をかけた。若い男は政次という名らしい。

「そうよ。おれたちは、鼻の下を長くして桔梗屋に行くんじゃァねえ」

若い男が声高に言った。

「おれも、女将に気があるわけじゃァねえがな。……ところで、矢島の旦那は、今夜も桔梗屋に泊まるのかい」

「いまから、帰《けえ》らねえな」

赤ら顔の男が言った。

「おれも、桔梗屋に寄らずに帰《けえ》るか」

茂平は足をとめた。

「そうしな」

赤ら顔の男が声高に言った。

ふたりの男は、よろめきながら闇につつまれた路地を歩いていく。

茂平は斜向かいの店の脇の暗がりにあらためて身をひそめ、桔梗屋の店先に目をやった。いっときすると、格子戸があいて女将が姿を見せた。

女将は店先の暖簾をはずすと、それを持って店にもどった。どうやら、店仕舞いするらしい。

茂平は暗がりから路地に出ると、足音を忍ばせて桔梗屋に近付き、店の脇に身をひそめた。茂平の姿は、闇に溶けていた。桔梗屋の前を通りかかった者が目をむけても、その姿を見ることはできないだろう。

茂平は聞き耳をたてた。店のなかから瀬戸物の触れ合うような音と、男と女の声が聞こえてきた。女将と矢島が、酒を飲みながら話しているらしい。

……おまえさん、今夜からここに泊まるのかい。

女将の鼻にかかった声が聞こえた。

……しばらく世話になる。

矢島が言った。

……嬉《うれ》しいねえ。もう、門前町には行かないんだね。

……あそこに、行くつもりはない。

……ねえ。よかったら、ずっとここで暮してもいいんだよ。

そう言って、女将が矢島に身を寄せたらしく、着物の擦れるような音がした。

茂平は胸の内で、「ここで、暮すことはできねえよ。おめえの命は長くねえ」とつぶやき、店の脇の暗がりから出た。

2

竜之介が瀬川屋の離れで袴《はかま》を穿《は》いていると、戸口に近寄る下駄《げた》の音がした。その音に聞き覚えがあった。お菊である。

下駄の音は戸口でとまり、

「雲井さま、入ってもいい」

と、お菊の声がした。

「いいぞ」

竜之介は急いで袴を穿き終え、上《あ》がり框《がまち》の近くにきて腰を下ろした。

板戸があいて、お菊が入ってきた。湯飲みと急須《きゅうす》を載せた盆を手にしていた。茶を淹《い》れてくれたらしい。

「出かけるところだったの」

お菊は、竜之介が袴を穿いているのを目にして訊《き》いた。

「急ぎの用ではないのだ」

竜之介は、築地の横田屋敷まで行き、市蔵の吟味の様子を聞いてみようと思っていたのだ。

お菊は、湯飲みに茶を注ぎ、竜之介の膝先《ひざさき》に置くと、

「ちかごろ、雲井さまは出かけてばかりで、お話もできないんだもの」

お菊が拗《す》ねたような顔をして言った。

「仕事が忙しかったからな」

言われてみれば、連日のように出かけ、離れにいることはほとんどなかった。

「雲井さまがかかわっている事件は、まだつづいているの」

お菊は、竜之介が火盗改の与力で、事件が起きると下手人を捕らえるために出かけていることを知っていた。

「まだだ」

矢島半兵衛が、ひとり残っていた。矢島を捕らえるなり、斬るなりしなければ始末がつかない。

「危ないことも、なさるんでしょう」

お菊が眉《まゆ》を寄せて訊いた。

「仕事だからな」

そう言って、竜之介が湯飲みに手を伸ばしたとき、戸口に近寄る足音がした。何人もいるようだ。

「旦那、いやすか」

平十の声がした。

「入ってくれ」

竜之介が声をかけると、板戸があいて平十が顔を見せた。その背後に、風間と茂平が立っている。

「お邪魔でしたかい」

平十が、お菊と竜之介に目をやって薄笑いを浮かべた。

すると、お菊が立ち上がり、

「あたし、雲井さまに、お茶をお淹れしただけです」

そう言い残し、あたふたと瀬川屋へもどった。

「三人とも、入ってくれ」

すぐに、竜之介は三人を座敷に上げた。

平十はともかく、風間と茂平は逃げている矢島のことで来たのであろう。

平十は座敷に上がって腰を下ろすと、

「あっしが、風間の旦那と茂平を案内したんでさァ」

と言って、口早に話した。

平十は桟橋から風間の姿を目にし、離れに案内していると、茂平が通りの先に見えたので、いっしょに連れてきたという。

「風間、何かあったのか」

竜之介が訊いた。

「いえ、矢島の居所が知れないようなら、これから深川へ探りに行こうかと思い、立ち寄ったのです」

「そうか」

竜之介は茂平に目をやり、「知れたか」と訊いた。

「知れやした」

茂平が、ぼそりと言った。

竜之介たち三人の目が、茂平に集まった。

「黒江町にある小料理屋でさァ」

茂平が、店の名は桔梗屋で、矢島は女将《おかみ》と懇ろらしいことを低い声で話した。

「いまも、桔梗屋にいるのか」

竜之介が念を押すように訊いた。

「いやす」

竜之介と茂平のやりとりを聞いていた平十が、

「旦那《だんな》、すぐに黒江町に行きやしょう。あっしが、舟を出しやすぜ」

と、意気込んで言った。

「よし、行こう」

竜之介は、矢島を捕らえるのはむずかしいとみていた。斬るしかないだろう。

「それがしも、お供します」

風間も、立ち上がった。

竜之介たち四人は離れから出ると、瀬川屋の桟橋にむかった。

瀬川屋の店先から、お菊が心配そうな顔をして竜之介たちの後ろ姿に目をやっていた。お菊は、また竜之介が危ない目に遭うのではないかと思っているようだ。

竜之介たちは、平十の舟に乗り込んだ。

艫《とも》に立った平十が、

「舟を出しやすぜ」

と声をかけ、舟を桟橋から離し、水押《みお》しを下流にむけた。

大川は波立っていた。風があり、ヒュウ、ヒュウ、と音をたてて川面《かわも》を吹き抜けていく。いつもは、猪牙舟《ちょきぶね》、屋形船、荷を積んだ茶船などが行き交っているのだが、荒天のせいか、船影はほとんど見られなかった。ときおり、猪牙舟が波に揺れながら通り過ぎていくだけである。

竜之介たちの乗った舟は大川を下り、永代橋をくぐると、水押しを深川の陸地に寄せた。その辺りは、熊井町である。舟は熊井町沿いを進み、左手の掘割に入った。舟は掘割を北にむかい、福島橋《ふくしまばし》の近くの船寄にとまった。

「下りてくだせえ」

平十が竜之介たちに声をかけた。

3

竜之介たちは舟から下り、平十が舫《もや》い杭《くい》に繋《つな》ぐのを待って掘割沿いの道を福島橋にむかった。そして、福島橋のたもとに出ると、

「こっちでさァ」

茂平が先にたって歩き、すぐに右手におれた。

そこは、富ケ岡八幡宮の門前通りにつづく道だった。掘割にかかる八幡橋を渡ると、前方に一ノ鳥居が見えてきた。この辺りから黒江町で、通りの左右に家並がひろがっている。茂平が先にたち、黒江町をしばらく歩いた。そして、一ノ鳥居が間近に迫ったとき、

「ここだ」

茂平はつぶやくように言って、路地を右手に折れた。

路地には、ぽつぽつ人影があった。歩いているのは、土地の住人が多いようだ。

路地沿いに並んでいる飲み屋、一膳《いちぜん》めし屋、小料理屋などが目についた。どの店にも客がいるらしく、酔った男の濁声《だみごえ》や哄笑《こうしょう》などが聞こえてきた。

「この先で」

そう言って、茂平はさらに路地を歩いた。

茂平は路傍に足をとめると、

「そこの店だ」

と小声で言って、斜《はす》向かいにある入口が格子戸になっている店を指差した。小料理屋らしい。店はひらいているらしく、店先に暖簾《のれん》が出ていた。

「矢島はいるかな」

竜之介が言った。

「あっしが、みてきやす。旦那たちは、目立たないように身を隠していてくだせえ」

そう言い残し、茂平は通行人を装って桔梗屋にむかった。

竜之介たちは、路地沿いで枝葉を茂らせていた椿の陰にまわり、そこから茂平の背に目をやった。

茂平は桔梗屋の店先で歩調を緩めたが、すぐに店先から離れ、すこし歩いてから踵《きびす》を返した。

「矢島はいたか」

すぐに、竜之介が訊《き》いた。

「いやした」

茂平によると、店のなかから矢島と思われる武家言葉と女の声が聞こえたという。

「さて、どうするか」

「店に踏み込みますか」

風間が身を乗り出すようにして言った。

「いや、外に連れ出そう」

竜之介は桔梗屋に踏み込んで、狭い店内で立ち合いたくなかった。店に客がいれば、巻き添えを食うかもしれない。

「おれが店に入る」

竜之介は、先にたって店にむかった。風間たちが、間を置かずについてくる。

竜之介は桔梗屋の戸口で足をとめ、なかの話し声を聞いてから格子戸をあけた。店のなかは薄暗かった。

土間の先の小上がりで、職人ふうの男がふたり酒を飲んでいた。その先に、障子がたててあった。座敷になっているらしい。

「いらっしゃい」

障子の向こうで、女の声がした。女将であろう。

すぐに、障子があいて、年増《としま》が顔を出した。その年増の後ろに座敷があった。武士体の男の横顔が見える。

……矢島だ！

竜之介は、すぐに分かった。

年増は小上がりに出て来て、

「お武家さま、おひとりですか」

と訊いた。顔に戸惑うような色があった。竜之介のことを、ただの客ではない、と感じとったのかもしれない。

「座敷にいるのは、矢島半兵衛どのとみたが」

竜之介が座敷にいる矢島にも聞こえる声で言った。

すると、座敷にいた矢島が小上がりの方に目をむけ、傍らに置いてあった刀をつかんで立ち上がった。

「火盗改《かとう》か」

矢島が竜之介を睨《にら》むように見据えた。

「矢島、表に出ろ。それとも、この場でやるか」

竜之介は、矢島も外での立ち合いを望むとみていた。矢島の喉突《のど》きの太刀は、青眼に構え、踏み込んで喉を突くという技である。間合をひろくとる必要があった。

「よかろう。外で、相手になってやる」

矢島は、座敷から小上がりに出てきた。

これを見た女将《おかみ》は、

「お、おまえさん、斬り合いをするつもりかい」

と、声を震わせて訊いた。

小上がりにいたふたりの客も、凍り付いたように身を硬くして竜之介と矢島を見つめている。

「すぐに、始末をつける。店で待っていろ」

矢島はそう言い置き、竜之介につづいて店から出た。

先に出た竜之介は、桔梗屋の戸口から離れて路傍に立ち、店から出てきた矢島に体をむけた。

矢島は店から路地に出ると、竜之介と相対した。そのとき、矢島は竜之介の後方にいる風間を目にしたらしく、

「ふたりで、騙《だま》し討《う》ちか！」

と、声を荒らげて言った。

「風間は検分役だ。……もっとも、おれがおぬしに討たれれば、風間が立ち合いを挑むかもしれんがな」

竜之介は、刀の柄《つか》に右手を添えた。

矢島も刀の柄に手を添えて抜刀体勢をとった。

その場に通りかかった者たちが、対峙《たいじ》している竜之介と矢島を目にし、悲鳴を上げて逃げ散った。

4

「いくぞ！」

竜之介が抜刀した。

すかさず、矢島も抜き放ち、青眼に構えて切っ先を竜之介にむけた。

竜之介も切っ先を矢島にむけて、相青眼に構えた。ふたりとも、以前立ち合ったときと同じ構えである。

ふたりの間合は、三間半ほどだった。まだ、遠間《とおま》である。一足一刀の斬撃《ざんげき》の間境《まざかい》まではかなりある。

矢島の青眼の構えには隙がなく、腰が据わっていた。剣尖《けんせん》が竜之介の喉にピタリと付けられている。喉突きの構えである。

対する竜之介の剣尖は、矢島の目線につけられていた。剣尖がそのまま眼前に迫っていくような威圧感がある。

ふたりは相青眼に構えたまま全身に気勢を込め、気魄《きはく》で攻め合っていたが、矢島が先《せん》をとった。

「うぬの喉、突き破ってくれる！」

と言いざま、矢島が間合をつめ始めた。

矢島は気合を発せず、牽制《けんせい》もせず、剣尖を竜之介の喉に付けたままジリジリと迫ってくる。

対する竜之介は、動かなかった。気を鎮め、矢島との間合と斬撃の起こりを読んでいる。矢島の構えは、まったく崩れなかった。竜之介にむけられた剣尖には、槍《やり》の穂先が伸びてくるような迫力があった。喉突き独特の寄り身である。

矢島の全身に斬撃の気が高まってきた。斬撃の間境に迫るにつれ、かすかに矢島の剣尖が下がってきた。

……喉ではない！

竜之介は、察知した。

矢島は喉ではなく、竜之介の胸を突こうとしているようだ。喉より、胸の方が躱《かわ》すのがむずかしい。しかも、喉突きの動きと体勢のまま胸を突こうとしているのだ。以前竜之介と立ち合ったとき、喉突きを躱《かわ》されたので、胸に狙いを変えたのであろう。おそらく、突きをはなつ間合も太刀捌《さば》きも喉突きと変らないはずである。

ジリジリと、矢島が迫ってきた。切っ先が、そのまま竜之介の胸に迫ってくるようである。

竜之介は動かず、矢島との間合を読んでいる。

ふいに、矢島の寄り身がとまった。斬撃の間境まで、まだ二歩ほどある。

……この遠間《とおま》からくるのか！

竜之介が頭のどこかでそう思った瞬間だった。

矢島の全身に、斬撃の気がはしった。

イヤアッ！

矢島が裂帛の気合を発し、一歩踏み込んだ。その瞬間、矢島の全身が膨れ上がったように見えた。

矢島の体が躍り、切っ先が槍穂のように竜之介の胸に伸びた。

……躱す間はない！

竜之介は頭のどこかで察知し、青眼に構えた刀身を横に払った。神速の太刀捌きである。鈍い金属音がひびいて、矢島の刀身が弾《はじ》かれた。だが、わずかに刀身を弾くのが遅れた。ザクリ、と竜之介の小袖《こそで》が、胸から左袖にかけて裂けた。

次の瞬間、竜之介は大きく後ろに跳んだ。矢島もすばやい動きで身を引き、あらためて青眼に構えた。

竜之介のあらわになった胸に、血の色があった。だが、深手ではない。浅く皮肉を裂かれただけである。

竜之介と矢島は、ひろく間合をとってふたたび相青眼に構えた。

「喉ではなく、胸か」

竜之介が言った。

「おれの突きは、喉だけではない」

矢島が嘯《うそぶ》くように言った。

そのとき、竜之介の後方にいた風間が、抜き身を手にしたまま矢島の脇にまわり込もうとした。竜之介が危ういとみて、助太刀しようとしたらしい。

「手出し、無用！」

竜之介が強い口調で言った。竜之介は、矢島との勝負はこれからだと思った。

風間は顔をこわばらせたまま身を引いた。

竜之介は、青眼に構えていた刀を振り上げ、低い八相にとった。矢島の突きを払うには、八相に構えた方が迅《はや》い、とみたのだ。青眼に構えると、刀身を振り上げてから払わねばならない。二拍子になるが、八相なら振り下ろすだけでいいのだ。

「さァ、こい！」

竜之介が声を上げた。

顔が紅潮し、双眸《そうぼう》が燃えるようにひかっている。剣客らしい凄《すご》みのある顔である。

竜之介は八相、矢島は青眼に構えた。ふたりの間合は、およそ三間。まだ斬撃の間境の外である。

「矢島、勝負！」

竜之介が先《せん》をとった。

八相に構えたまま、足裏を摺《す》るようにして間合を狭めていく。

と、矢島も動いた。剣尖を竜之介の胸につけたまま間合を狭め始めたのだ。

ふたりの間合が狭まるとともに、全身に斬撃の気配が高まり、痺《しび》れるような剣気が放射された。

ふいに、ふたりの寄り身がとまった。斬撃の間境から半間ほどの間合があった。ふたりは、このまま斬撃の間境を越えると、敵の斬撃を浴びる、とみたのである。

ふたりは全身に激しい気勢を漲《みなぎ》らせ、斬撃の気配を見せて敵を攻めた。気攻めである。どれほどの気攻めがつづいたのか。ふたりに、時間の経過の意識はなかった。

そのとき、矢島がわずかに右足を踏み出した。足の指先が小石を踏み、チリ、と音がした。刹那《せつな》、ふたりの全身に斬撃の気がはしった。

トオッ！

タアッ！

ふたりはほぼ同時に気合を発し、体を躍らせた。

突きと袈裟《けさ》——。

二筋の閃光《せんこう》がはしり、ふたりの眼前で火花が散った。次の瞬間、鋭い金属音がひびいて矢島の刀身が弾き落とされた。

刹那、竜之介が二の太刀をふるった。

ふたたび袈裟へ――。

その切っ先が、身を引こうとしていた矢島をとらえた。

矢島の肩から胸にかけて、小袖が裂け、肌に血の線がはしった。

矢島は青眼に構えたが、体が揺れ、刀身が震えていた。傷口から血が奔騰し、見る間に肩から胸にかけて小袖を染めていく。

「喉《のど》突きの剣、破ったぞ！」

竜之介が声を上げた。竜之介も高揚し、声に昂《たかぶ》ったひびきがあった。

「まだだ！」

叫びざま、矢島が踏み込んできた。

だが、鋭さも迅さもない。踏み込んで、切っ先を突き出すだけの突きだった。

竜之介は体を右手に寄せざま、刀身を横に払った。素早い太刀捌きである。

矢島の切っ先は、竜之介の肩先をかすめて空を突き、竜之介の切っ先は、矢島の首を横に斬り裂いた。

ビュッ、と血が矢島の首から赤い帯のようにはしった。竜之介の切っ先が、首の血管《ちくだ》を切ったのだ。

矢島は血を撒《ま》きながらよろめき、爪先《つまさき》を何かにひっかけ、前につんのめるように倒れた。地面に俯《うつぶ》せになった矢島は、苦しげな呻《うめ》き声を上げて四肢を動かしていたが、首を擡《もた》げようともしなかった。

いっときすると、矢島は動かなくなった。首から噴出した血が、辺りの地面を真っ赤に染めていく。

竜之介は血刀を引っ提げたまま矢島のそばに身を寄せ、

「喉突きの剣、破ったぞ」

と、声高に言った。まだ、真剣勝負の気の昂《たかぶ》りが残っているらしく、竜之介の目が燃えるようにひかっている。

そこへ、風間、茂平、平十の三人が走り寄った。三人は、血塗《ちまみ》れになって倒れている矢島を目にすると、

「さすが、雲井の旦那《だんな》だ」

平十が感心したように言った。

風間は、「お見事です」と、感嘆の声で言った。茂平は無言で、矢島の首の傷に

目をやっている。

「ここは、人通りがある。桔梗屋の脇まで運んでおこう」

竜之介が言い、四人の男は横たわっている矢島の四肢をつかんで、店の入口の脇の暗がりに運んだ。

竜之介たちが桔梗屋から離れたとき、背後で女の甲高い悲鳴が聞こえた。女将《おかみ》が矢島の死体を目にしたらしい。

5

竜之介は、雲井家の庭に面した座敷に寝転がっていた。障子のむこうから、庭木を剪定《せんてい》している木鋏《きばさみ》の音が聞こえていた。父親の孫兵衛が、庭木の手入れをしているらしい。手入れといっても、暇潰《ひまつぶ》しに庭いじりをしているだけである。
竜之介が身を起こし、
……家にいるのも、飽きたな。御頭の屋敷にでも行ってみるか。
と、胸の内でつぶやいた。竜之介が思い浮かべたのは、築地にある火盗改の御頭、横田源太郎の屋敷である。

竜之介が、矢島半兵衛を斬って七日過ぎていた。矢島を討った後、竜之介は瀬川屋の離れを出て、自分の家にもどっていたのである。

そのとき、廊下を歩く足音がした。母親のせつらしい。足音は竜之介のいる部屋の前でとまり、障子があいた。

「竜之介、お茶がはいりましたよ」

せつは、湯飲みをふたつ載せた盆を手にしていた。竜之介の脇に腰を下ろすと、湯飲みのひとつを竜之介の膝先《ひざさき》に置き、もうひとつは自分で手にした。せつは、竜之介といっしょに茶を飲むつもりで淹《い》れたらしい。

せつは、いっとき茶を喫してから、

「お嫁さんに、茶を淹れてもらったらいいのにね」

と、いつもの間延びした声で言った。ちかごろ、せつは竜之介と顔を合わせる度に、嫁のことを口にする。竜之介が家をあけることが多いこともあって、年取った夫婦ふたりで、家にいるのは寂しいのであろう。

「縁があったら、もらいますよ」

竜之介は気のない返事をした。

「六助から聞いたんだけど、船宿の瀬川屋には、気立てのいい娘さんがいるんですってねえ」

めずらしく、せつが身を乗り出すようにして言った。

「い、いえ、瀬川屋の娘は、まだ子供ですから」

思わず、竜之介は声をつまらせた。顔が、赤くなっている。

六助は、雲井家から竜之介に何か言付けがあると、瀬川屋に来ることがあった。

そのとき、お菊のことを耳にしたのだろう。

「お菊さんは、おいくつです」

せつは、お菊の名まで知っていた。

「た、たしか、十六だと……」

竜之介は、語尾を濁した。

「十六なら、もう立派な大人ですよ。竜之介、今度、お菊さんを家に連れてきておくれ」

せつは、その気になっている。

「そのうち、機会があったら連れてきますよ」

竜之介はせつと膝を突き合わせて話しているのが気まずくなって、腰を上げようとした。そのとき、縁先に走り寄る足音がし、

「旦那さま、おられますか」

と、六助の声がした。

「いるぞ」

竜之介は座りなおした。

「風間さまが、お見えになりました」

「玄関へ連れてきてくれ」

竜之介は、立ち上がった。嫁の話から逃れられると思ったのだ。

すると、せつも腰を上げ、竜之介の後からついてきた。

竜之介は玄関先で風間と顔を合わせると、

「何か、あったのか」

すぐに、訊《き》いた。

「いえ、何かあったわけではありません。昨日、横田さまのお屋敷に行って、吟味の様子を聞いたのです。だいぶ、様子が知れましたので、雲井さまのお耳に入れておこうと思いまして」

風間が丁寧な物言いをした。

「上がってくれ」

竜之介は風間を座敷に上げた。

せつには、あらためて茶を淹れるよう頼んだ。

ふたりが座敷に腰を落ち着けると、風間が、

「庭の手入れですか」

と、訊いた。まだ、庭先から木鋏の音が聞こえていた。

「父上がな」

竜之介が、暇潰しなのだ、と声をひそめて言った。

「市蔵と伊原が、御頭の拷問《せめ》に耐えられず、口を割ったようです」

風間が切り出した。

「話してくれ」

「まず、市蔵ですが、宗助とふたりで、数年前から商家に忍び込んで盗みを働いていたようです」

風間が横田屋敷で耳にしたことによると、市蔵たちは大店《おおだな》には入らず、戸締まりが厳重でない小店に入って、有り金を盗んでいたという。そのころは、店の住人や奉公人などを手にかけることもなかったそうだ。

「ところが、駒蔵一味だった平造と弥三郎が市蔵の配下になり、さらに伊原、矢島、

小塚の三人がくわわったことで、一味は様変わりしたようです」

風間が言った。

「駒蔵の手口を真似するようになったのだな」

「そうです」

「伊原たちは、どうして市蔵一味にくわわったのだ。三人は武士だからな。一味にくわわるまで、盗人《ぬすっと》とのかかわりはなかっただろう」

竜之介は、腕の立つ三人の武士が、盗人の仲間になったことが腑《ふ》に落ちなかった。

「賭場《とば》のようです」

市蔵の自供によると、宗助が深川の賭場で牢人《ろうにん》の小塚と知り合い、いっしょに酒を飲んだり金を都合してやったりしているうちに、まず小塚が仲間になり、さらに小塚と遊び仲間だった伊原と矢島がくわわったという。

「伊原たち三人は、武士であることを隠したい気もあって、鬼や般若《はんにゃ》の面をかぶって顔を隠したのです」

風間が言い添えた。

「風の吹く夜、化物《ばけもの》の面をかぶって押し入っていたことから、風魔党と呼ばれるようになったわけか」

「そのようです」

「いずれにしろ、これで始末がついたな」

竜之介が口をつぐんで一息ついたとき、廊下を歩く足音がした。せつが、茶を淹れてくれたらしい。

障子があき、せつが茶菓を載せた盆を手にして入ってきた。菓子は落雁《らくがん》だった。客用に用意してあったのだろう。

せつは、風間と竜之介の膝先に茶菓を置くと、

「風間どの、お久し振りですねえ」

と、いつものおっとりした声で言った。

「御無沙汰《ごぶさた》しました」

「お忙しかったんでしょう。……風間どのもお屋敷を出て、どこかに寝泊まりして事件にあたるわけですか」

せつが訊いた。

「いえ、そのようなことは……」

風間が戸惑うような顔をして語尾を濁した。

「竜之介が家をあけるのは、どうしてでしょうか」

せつが、竜之介に目をむけた。

「そ、それは……」

竜之介は言いよどんだ。

「お菊さんさえこの家にいてくれれば、竜之介が船宿に寝泊まりするようなことはありませんね」

せつの目には、竜之介の心底を探るようなひかりがあった。

竜之介は苦笑いを浮かべ、風間に目をやってから膝先《ひざさき》の湯飲みに手を伸ばした。

本作品は、書き下ろしです。

新《しん》火《か》盗《とう》改《あらため》鬼《おに》与《よ》力《りき》

風《ふう》魔《ま》の賊《ぞく》

鳥《と》羽《ば》 亮《りょう》

平成30年 5月25日　初版発行

発行者●郡司 聡

発行●株式会社KADOKAWA
〒102-8177　東京都千代田区富士見2-13-3
電話 0570-002-301（ナビダイヤル）

角川文庫 20948

印刷所●旭印刷株式会社　製本所●本間製本株式会社

表紙画●和田三造

ISBN978-4-04-107116-8　C0193

角川文庫発刊に際して

角川源義

第二次世界大戦の敗北は、軍事力の敗北であった以上に、私たちの若い文化力の敗退であった。私たちの文化が戦争に対して如何に無力であり、単なるあだ花に過ぎなかったかを、私たちは身を以て体験し痛感した。西洋近代文化の摂取にとって、明治以後八十年の歳月は決して短かすぎたとは言えない。にもかかわらず、近代文化の伝統を確立し、自由な批判と柔軟な良識に富む文化層として自らを形成することに私たちは失敗して来た。そしてこれは、各層への文化の普及滲透を任務とする出版人の責任でもあった。

一九四五年以来、私たちは再び振出しに戻り、第一歩から踏み出すことを余儀なくされた。これは大きな不幸ではあるが、反面、これまでの混沌・未熟・歪曲の中にあった我が国の文化に秩序と確たる基礎を齎らすためには絶好の機会でもある。角川書店は、このような祖国の文化的危機にあたり、微力をも顧みず再建の礎石たるべき抱負と決意とをもって出発したが、ここに創立以来の念願を果すべく角川文庫を発刊する。これまで刊行されたあらゆる全集叢書文庫類の長所と短所とを検討し、古今東西の不朽の典籍を、良心的編集のもとに、廉価に、そして書架にふさわしい美本として、多くのひとびとに提供しようとする。しかし私たちは徒らに百科全書的な知識のジレッタントを作ることを目的とせず、あくまで祖国の文化に秩序と再建への道を示し、この文庫を角川書店の栄ある事業として、今後永久に継続発展せしめ、学芸と教養との殿堂として大成せんことを期したい。多くの読書子の愛情ある忠言と支持とによって、この希望と抱負とを完遂せしめられんことを願う。

一九四九年五月三日